修訂版

中學生文學精讀‧魯迅

黃繼持 編

責任編輯　　舒　非　常家悅
書籍設計　　鍾文君

書　　名　　**中學生文學精讀・魯迅**（修訂版）
編　　者　　黃繼持
出　　版　　三聯書店（香港）有限公司
　　　　　　香港北角英皇道 499 號北角工業大廈 20 樓
　　　　　　Joint Publishing (H.K.) Co., Ltd.
　　　　　　20/F., North Point Industrial Building,
　　　　　　499 King's Road, North Point, Hong Kong
香港發行　　香港聯合書刊物流有限公司
　　　　　　香港新界荃灣德士古道 220-248 號 16 樓
印　　刷　　美雅印刷製本有限公司
　　　　　　香港九龍觀塘榮業街 6 號 4 樓 A 室
版　　次　　2017 年 5 月香港第一版第一次印刷
　　　　　　2023 年 8 月香港第一版第三次印刷
規　　格　　特 16 開（150 × 210 mm）192 面
國際書號　　ISBN 978-962-04-4148-6

© 2017 Joint Publishing (H.K.) Co., Ltd.
Published & Printed in Hong Kong, China.

留學日本時，1903 年（廿三歲）攝於東京。

1

2　　3

① 辛亥革命後，1912 年（三十二歲）在北京。

② 1930 年（五十歲生辰）於上海。

③ 1933 年（五十三歲）攝於上海。

靈臺無計逃神矢　風雨
如磐闇故園　寄意寒
星荃不察　我以我血薦
軒轅

二十一歲時作　五十一歲時
寫之　時辛未青光日也　魯迅

1 | 2

「我坐在廈門的墳中間」──1927 年（四十七歲）在廈門。

目錄

散文

雜文

導言

　　這本選集，是為初步閱讀魯迅作品的青年朋友而編的。

　　今日青年大抵已從課本上知道魯迅，知道魯迅是大文學家，知道魯迅是《阿 Q 正傳》的作者。但直接閱讀作品，也許感到吃力。論述魯迅的文章或專著，又往往觀點紛雜，甚且聲勢唬人，使初學者望而卻步。於是對魯迅不免「尊而不親」，乃至產生隔膜了。

　　隔膜的原因或不只一端。就文學藝術而言，時代距離與環境差異，原不必造成欣賞的障礙。文化心理與知識結構，對讀者接受作品，可能關係更大。魯迅生活寫作於中國歷史大變動時期，他投身文學革命與文化批判，從「舊」跨越到「新」，在沒有路的地方踏出道路。而藝術的創新與思想的革新，總會引致各方反響和爭議。爭議中，魯迅的聲名卻愈來愈大，讀者愈來愈多；身後且一度被奉為偶像，作品幾乎成為教條。好在魯迅作品的思想藝術素質，足以衝開種種妄加的迷障。只要真誠面對作品，你會發覺，魯迅是個可與「對話」的大有性情的作者。他感性理性同樣強烈；筆下展現的世界，荒謬詭譎，而又豐富斑斕，絕望與希望交纏。作品文風之獨特，體式之多樣，僅其餘事。初度接觸魯迅作品的讀者，因此可能感到有點困難，但只要繼續讀下去，大多會被其藝術魅力與思想衝擊力

所吸引。本書不過作為引介，希望激起讀者直接閱讀的興趣，並且繼續讀下去。

下文簡單介紹作者生平和作品概況。

生平簡介

魯迅（1881–1936），初名樟壽，字橡山，後改字豫才，改名樹人，一九一八年發表《狂人日記》時，始用魯迅作筆名。清光緒七年生於浙江紹興。祖父是進士，曾任知縣、教官等職，當魯迅十三歲時，以科場案下獄。繼而父親患病連年而卒。魯迅後來說：「有誰從小康人家而墜入困頓的麼，我以為在這途路中，大概可以看見世人的真面目。」[1]十八歲，離家往南京學礦路。三年後，獲官費留學日本，初學醫，其後棄醫從文。此中經過，在日後所寫的《吶喊·自序》裡，有很動人的描述。

當他在南京時，中國陸續發生了戊戌變法（1898 年）、庚子事變、八國聯軍入京（1900 年），簽訂了屈辱的《辛丑條約》（1901 年）。提倡「新學」救國，已是急亟的呼聲。青年魯迅讀到嚴復所譯的《天演論》，大為震撼。初時有志科學救國，後來覺得救國首在「立人」[2]，便希望藉文藝來改變國人的精神，克服「國民性」中之缺乏「誠」和「愛」。他在家鄉曾經讀了不少中文書，後來更大量閱讀西方文學和哲學著作，包括從「立意在反抗，指歸在動作」[3]的「摩羅詩人」拜倫，到「力抗時俗」、特重「意力」[4]的德國哲人尼采。他所知與所愛讀的作家作品，遠遠超過當年國人眼界所及，如特好「善用幽默筆法寫陰暗的事跡」[5]的波蘭小說家顯克微支、「象徵主義與寫實主義相調和」[6]的俄國小說家安特萊夫。但籌辦刊物流產，譯印《域外小說集》反應寥寥。在文學的道路上，遂以所感到者為寂寞。

他二十九歲回國，初在浙江任教職，入民國後，赴北京任教育部官員，八九年間，感受更深的寂寞與幻滅。經歷了辛亥革命的昂揚和失望，又眼見袁世凱稱帝與張勳復辟的醜劇。精神上非常痛苦，曾以輯逸文抄古碑作自我麻醉。但靈魂深處的火焰畢竟沒有熄滅，終因《新青年》編者索稿而重新燃點起來。「意在暴露家族制度和禮教的弊害」的《狂人日記》，以其「表現的深切和格式的特別」[7]，成為新文學史上小說創作的真正開端。這時作者已經三十八歲，時維一九一八年，「五四運動」前一年。

就從此一發不可收拾，他陸續發表體裁多樣的作品，包括小說、新詩、論說、隨感、短評等，跟新文學運動主潮呼應，承擔起啟蒙的工作。雜感與論說主要是針對當前情況的社會批評與文明批評；小說則更多來自自己歷年的感受和記憶、生命中「不能全忘的一部分」[8]，意在摸索國人的靈魂，揭示社會的病態，控訴與諷刺中卻含蘊着深切的哀憫與同情。一九二三年他第一本小說集《吶喊》出版，裡面包括《阿Q正傳》這個中篇力作。一九二五年出版第一本雜文集，收錄數年來所寫的隨感和短評，題名《熱風》，說明這不是「無情的冷嘲」，而是「有情的諷刺」[9]。在這幾年，他的社會文化活動也多起來。除了在教育部任職以外，又兼任北京幾所大專院校的講師，教授小說史與文學概論等課程，編撰《中國小說史略》。此外又從事雜誌工作，包括參與《新青年》編務，參與創辦和編輯《語絲》，後來又創辦《莽原》，編集叢刊等。他全身心投入文學事業，多少實現年青時從文的舊夢。

但這幾年也不是一路坦途。一九二二年《新青年》月刊團體散掉，他又一度感覺「依然在沙漠中走來走去」[10]。次年又有兄弟斷交之厄，大病多回。一九二五年，支持所任教的北京女子師範大學學生反對校長的橫暴統治，並得罪了所謂「正人君子」和教育總長。就在這種種複雜的事務糾葛中，魯迅寫作卻迸發出斑斕的異采。生命情調夾雜着虛無與充實、

絕望與希望、冷靜與激昂、彷徨與挺進，匯合在所寫的多種體裁的作品之中。結集成《彷徨》的小說，比起前作，技巧更為圓熟，憂憤更見深沉；結集成《華蓋集》、《墳》的雜文，論述面更廣，說理更深刻；後來結集成《野草》的散文詩，則是主體生命的自我省察，而筆致奇麗；還有多年後才公之於世的與許廣平的通信，更直接道出他複雜的心情與戰鬥方略。總起來看，這段時期的寫作，是內心靈魂的探索和外面世界的抗爭同時並進，相互支援。這個苦痛的魂靈，成為文壇上堅韌的鬥士。

隨後數年，社會政治激烈的變動，把中國拋入現代史上一個詭譎的轉折期，並把魯迅也捲進去。一九二六年，「三‧一八」慘案，執政府大屠殺，死者中有他的學生，使他極度悲憤。入秋，離京往廈門大學。一九二七年初，轉到廣州中山大學。時值「北伐」開展，他來到這個「革命的策源地」，起初不無希望，但旋即被現實所擊碎。四月間，目睹當局策動的事變，青年橫遭捕殺。他辭去大學一切職務，閉門不出，編定前此所作散文詩和回憶記為《野草》、《朝花夕拾》，分別作題辭、小引，寄託此時心情。該年十月，離穗赴滬，生命歷程又轉入另一階段。

魯迅居滬近十年，直到逝世。他到上海之時，國民黨政府早已定都南京，共產黨武裝也已在南昌起事，還在多地發起暴動，但革命其實處於低潮。魯迅雖曾因蔡元培推薦，應聘為南京政府大學院（後改稱教育部）特約撰述員凡四年，但他的政治態度顯然跟當局有異。他也不擬參與實際政治，希望繼續從事文化領域中的社會批判工作，本務始終是文學。

他到上海不久，便把《語絲》移滬出版，自任主編。次年又與友人合辦《奔流》、《朝花》等期刊。這一兩年，卻遭遇到一批脫離實際的所謂「革命文學家」攻擊他為「沒落者」、「封建餘孽」。應戰中，他閱讀並翻譯了不少以「史底唯物論」批評文藝的書和「新興文學」作品。一九三〇年，他參加組織「中國左翼作家聯盟」，當選為常務委員。政府

當局對左翼作家以至一般進步人士的迫害，數度構成魯迅人身安全之威脅。一九三一年柔石等左聯作家遭捕殺，一九三三年民權保障同盟總幹事楊銓遭暗殺，更令魯迅悲憤莫名。就在這種急亟的氣氛裡，魯迅捲入政治角逐的旋渦，結果他四面受敵，既遭執政當局的政治迫害，又受「洋場惡少」、「革命小販」的造謠誣陷；既須應付當前共同的「大敵」，其後又要提防和忍受所謂戰友「從背後來的暗箭」，迫得「橫站」[11]。這六七年間，魯迅的短評寫得很多，語調峻峭，往往一針見血，揭穿文壇內外以至社會政局種種欺妄。他繼續一向所做的「文明批評」的工作，且跟現況結合得更緊。但「創作」（小說、散文詩）卻相對寫得少了。直到逝世前兩年，才重新拾起中斷七年的「故事新編」的撰作。在世的最後一年，又陸續寫出幾篇生活與回憶散文，未及編成《夜記》一集而逝。但他於文學翻譯，對木刻美術的贊助，對文藝方針意見的發表，一直堅持到最後。勞累與疾病，終於把魯迅拖垮了。他於一九三六年十月十九日逝世，卒年五十六歲。覆蓋靈柩的錦旗上面繡着「民族魂」三字。人們追悼他，不但因為他是偉大的文學家，而且因為他是為中華民族出路探索奮鬥一生的志者和戰士。

作品概述

一、小說

　　魯迅首先以小說作者見知於世。《狂人日記》（1918 年）是新文學史第一篇小說，《阿 Q 正傳》（1921 年）更奠定魯迅在世界文學上的地位。不過魯迅小說寫得其實不多。收入《吶喊》、《彷徨》的以現世生活為題材的中短篇小說二十五篇，收入《故事新編》的以傳說歷史為題材的短篇小說八篇，連早年寫的文言小說《懷舊》也計算，總共才三十四篇。但就

以這為數不多的篇章，魯迅為中國小說寫作開出新局面。

關於怎樣做起小說來，他在《狂人日記》發表十七年後這樣說：「在中國，小說不算文學。……我也並沒有要將小說抬進『文苑』裡的意思，不過想利用他的力量，來改良社會。」[12]他這裡強調小說的客觀的社會作用，並進一步說明：「我的取材，多採自病態社會的不幸的人們中，意思是在揭出病苦，引起療救的注意。」[13]他另外還說，他「將所謂上流社會的墮落和下層社會的不幸，陸續用短篇小說的形式發表出來，原意其實只不過想將這示給讀者，提出一些問題而已」[14]。就這個角度看，魯迅小說中的主要人物，從《藥》的華老栓，到《阿Q正傳》的阿Q、《祝福》的祥林嫂，以迄《離婚》的愛姑，多的是下層社會，特別是農村鄉鎮裡的不幸的人們；至於上層社會的墮落，從《阿Q正傳》裡作為配角的趙太爺和假洋鬼子，到作為主角的《高老夫子》的角色，且從鄉鎮寫到城市了。而這病態社會中，還存在中層的「讀書人」或知識分子，有迂執可憫的如孔乙己，有癲狂至死的如《白光》的主角，也有反抗的人，如《長明燈》中的「瘋子」、《狂人日記》中的「狂人」，他們或遭因禁，或被「醫療」，反抗只於一瞬的激烈行動或只在錯亂意識之中。那些曾經一度奮力改革的志者，也終於敵不過舊勢力的消蝕或迫害，像《在酒樓上》的呂緯甫之蕭索，或像《孤獨者》中魏連殳之自毀；至於《傷逝》的悲劇，則見出即使新的知識分子，也逃脫不了挫折的命運。魯迅筆下的角色，不論其為下層上層中層，大都是不幸的或病態的。揭示的深刻與準確，使人「直曲」如此的人生，造成魯迅小說震懾的力量。

魯迅揭示病態社會的疾苦，在近乎絕望中，迫出療救的希望。寫作的近因是對《新青年》等文學革命前驅者熱情之共感，步調應和大家基本一致。於是既有如《狂人日記》的直接喊出戰鬥的聲音，也有像《藥》與《明天》般「刪削些黑暗、裝點些歡容，使作品比較的顯示出若干亮色」[15]。

但更多的是深入刻劃人的靈魂，暴露社會的病根，像醫生的解剖刀深入腠理。

至於小說的藝術性，魯迅自己有點低估。他確已將小說抬進「文苑」，不單以他的創作，使小說成為新文學最重要的文類，並且以他的中國小說史研究，提挈起古代小說的地位。他的小說形式與手法，大體借取自西方近代優秀作品，寫實為主，兼採其他，也吸收了中國傳統文學的一些特質，為小說藝術開出眾多法門。剪裁佈局之經營、敘事角度之選擇、敘事語調之運用，多所變化。世相既刻劃入微，作者本人的感慨與識見也就寄寓於字裡行間了。

做小說來「改良這人生」能否有望，魯迅下筆之初，似乎也無多大信心。《吶喊·自序》中「寂寞」這字眼出現多次。寂寞之由來，一部分由於自己青年時努力落空。而今「吶喊幾聲，聊以慰藉那在寂寞的猛士」，於是為猛士慰藉中，不免流露出自己的寂寞，以及對於愚弱的國民之既哀且憫、既鞭撻又一同受苦的深切的感情。關於《阿Q正傳》，他曾表示，總彷彿覺得人與人之間隔有一道高牆。他說：「在將來，圍在高牆裡面的一切人眾，總會自己覺醒，走出，都來開口的罷，而現在還少見，所以我也只得依了自己的覺察，孤寂地姑且將這些寫出，作為在我的眼裡所經過的中國的人生。」[16] 這段話可以用於《吶喊》、《彷徨》的其他篇章。他說想「畫出這樣沉默的國民的靈魂來」。注意，是畫「靈魂」，而不止於表象的寫實。

《彷徨》最後一篇作於一九二五年底，此後他再沒有寫出以現代生活為題材的小說。古代題材的也寫得不多。《故事新編》所收的八篇，寫作時間竟跨越了十三年。作意與筆調不一，馳騁想像，卻大體於當今國民有所映照，往往插入今事今語。作者自己說：「除《鑄劍》外，都不免油滑，然而有些文人學士，卻又不免頭痛。」[17] 所謂油滑，正因為用了雜文筆

法於小說敘述中，遂有文化評論的效果，或深挖病根，或寄託理想。但對角色不論為貶為褒，都「沒有把古人寫得更死」[18]；為要破除成見或歷史的迷障，多採誇張諧謔筆調，善能激起讀者對文化與現狀的反思。

二、雜文

　　小說之外，魯迅一生寫下大量的文章，體式多樣。按魯迅自己在一九三四年所作的分類，編入《野草》的是「散文詩」，編入《朝花夕拾》的是「回憶記」，編入《墳》的是「論文集」，其他從《熱風》到《偽自由書》的是「短評」[19]。我們今天一般把《墳》與《熱風》以來的文集都統稱「雜文集」，一直到魯迅身後才出版的《且介亭雜文末編》；而把「雜文」視作現代中國文學的一種體裁或文類，也成為現今的通說了。

　　魯迅自己用「雜文」一詞稱自己的文章，始自一九三二年序《二心集》；一九三五年底編集上年的文字，更索性題為《且介亭雜文》。但魯迅自己對「雜文」一詞的用法，卻跟今天的概念有所不同，也跟當年攻擊者之取貶義有別。魯迅說：「凡有文章，倘若分類，都有類可歸，如果編年，那就只按作成的年月，不管文體，各種都夾在一處，於是成了『雜』。」[20]可見魯迅所謂「雜文」，並非文體或分類的標目，只是諸「類」的雜合。因此，他以像《墳》中那樣的文字是「論文」，《熱風》中那樣的是「短評」；「論文」與「短評」才是「文類」的名稱。「短評」一詞，也許不能把《華蓋集》中那樣的文章區別於《熱風》，所以魯迅也稱《華蓋集》一類為「雜感」[21]。到一九三三年瞿秋白編選魯迅自《熱風》至《二心集》的「社會論文——戰鬥的『阜利通』」[22]為《魯迅雜感選集》一書，把「短評」與「論文」都納入「雜感」這總名之內，得到魯迅首肯。「雜感」與「雜文」應是兩個不同的概念，可是兩個詞語逐漸混同起來，遂以「雜文」之名稱「雜感」之實，更把「雜文」的範圍擴充到《墳》以及其他集子中所有文章。我們今天便籠統地把十四本集子（《熱風》、《華蓋集》、

《華蓋集續編》、《墳》、《而已集》、《三閒集》、《二心集》、《南腔北調集》、《偽自由書》、《准風月談》、《花邊文學》、《且介亭雜文》、《且介亭雜文二集》、《且介亭雜文末編》）都名曰「雜文集」了。這其實是以「雜感」為中心的文章匯集。如果把「雜文」等同於「雜感」而視為文類，則其義當如瞿秋白所定：「社會論文 —— 戰鬥的阜利通」之因魯迅使用而成「文藝性的論文」，也即是魯迅所言的「社會批評」和「文明批評」，重思想而以藝術出之，也就是後人所說的「政論與詩的結合」。通常並不是洋洋大文，更不是學院式的文字，在論評中可見作者的個性，卻總以說理為主。但魯迅這些集子中有些文章，則頗有逸出這個後起的文類意義的「雜文」之外，例如一些寫人記事回憶抒情的篇章，「五四」以來一般劃歸「散文」一類的。「散文」在中國現代文類上也是個模糊的概念，一般以藝術性的記敘抒情文字為散文，非學究式的論說也可算進來。這個文類意義的「散文」，又稱為「小品文」或「隨筆」。魯迅的「雜文集」中確有一些篇章類似《朝花夕拾》的回憶記，還有一些如《記念劉和珍君》的哀悼性的大文，也有一些生活小品。於是從魯迅「雜文集」中未嘗不可以勾出好些「散文」（本書也這樣做），以別於後起的文類意義上的「雜文」。如此更可見出魯迅文章體裁內容之豐富多姿。

統屬於文類意義的雜文，《墳》和《熱風》大體分別開出兩種寫法。同樣是社會批評、文明批評，同樣是直面現狀，由表及裡，聯繫歷史，深挖病根，既盡時代的使命，復具哲學的睿思；但一則舒展恢弘，縱橫馳騁，一則凝練精核，寸鐵殺人。至於後來收在《華蓋集》與《三閒集》裡的與具體對手論戰的文章，風格更或峻厲刻峭、或幽默反諷，用筆或辛辣、或諧謔，但攻擊的與其說是個別的人物，不如說是他們所代表的社會病態與國民劣根。魯迅後期說過他的短評「論時事不留面子，砭錮弊常取類型」[23]，正是這個意思。

在魯迅的雜文中，可以見到他大部分思想的展示。這展示勾連着時代的風雲，世道的詭譎，政局的陰惡，敵手的變幻，還有文章發表的環境。思想的展示便呈現奇姿異采，論事說理包含藝術想像，卻更見其深刻真實，作者的個性情感也包孕其中。在魯迅，這裡表現的主要是生命的力度，及由此而生的嫉惡之情、戰鬥之志。他在後期說過：「生存的小品文，必須是匕首，是投槍，能和讀者一同殺出一條生存的血路的東西；但自然，它也能給人愉快和休息，然而這不是『小擺設』，更不是撫慰和麻痺，它給人的愉快和休息是休養，是勞作和戰鬥之前的準備。」[24] 這些話正可用於魯迅自己的雜文。

在魯迅的寫作道路上，面向社會的匕首投槍式的「雜文」，跟自我生命反芻回味的散文詩和回憶記，構成互補的格局，俱為「生存的小品文」；一則外向為主，一則內省為主，但實則內外兼攝，表現出作者具體的文學性格與人格。我們讀魯迅的雜文，固然可以側重其客觀意義，即對中國社會文化現象與問題的觀察與思考；但也未嘗不可以讀出作者主體的情志，以及本着這種情志所照察的中國乃至人類的存在情境。魯迅的雜文超卓之處，正由於可作多層次的閱讀。

至於魯迅「雜文集」中所包含的記事抒情、回憶悼念之類的篇章，有別於說理論戰者，則不管仍名曰「雜文」還是另歸「散文」，都很值得重視。這往往更多流露作者的生命情志，或悲憤，或低徊，或於雜亂中破虛妄，或在日常中得意趣，運筆行文，既隨真情實況而舒捲，又帶有中國古文的氣格或外國隨筆的韻致，化入魯迅獨特的文風。魯迅是備善眾體的文章大師。

三、散文詩 · 散文

魯迅作品中，薄薄的一冊《野草》，是一本特具魅力的散文詩集，作於一九二四年秋至一九二六年春。以沉鬱的筆調，象徵的手法，表現作者

虛無彷徨，而又掙扎反抗的情志，既有嚴酷的自剖，也有頑強的抗擊。雖然後來作者說《野草》中「心情太頹唐」[25]，但那卻是真實生命的記錄。即使「不生喬木，只生野草」[26]，也是生存的見證；何況「穿越虛無」而產生的力量，顯得更深沉更堅韌。《野草》當中非無「亮色」的篇章。魯迅開始寫這組散文詩不久，就在社會實踐上捲入女師大的鬥爭而大顯戰士的鋒芒。生命內外兩面結合才是魯迅的整體。

收在《朝花夕拾》的十篇散文，始作於北京，結束於廈門，是作者在一九二六年流離轉徙中，企圖「在紛擾中尋出一點閒靜」，「從記憶中抄出來」[27]的作品。原先總名《舊事重提》，翌年在廣州編集時改題《朝花夕拾》，其後歸類為「回憶記」。

這是一組別開生面的散文，寫法不拘一格，在童年與青年舊事的追敘中，注入作者的生命體會與文化批判；有對人物樸素而真切的回憶，也有對鄉間風俗生動而細緻的描述。魯迅晚年也寫了數篇這類回憶散文，可惜未及完成一集。另外他一生寫過多篇悼念懷人的文章，或悲憤深廣如《記念劉和珍君》，或寄慨低徊如《憶韋素園君》，都可說是煌煌大作，比起《朝花夕拾》式的小品筆法，各有所當。

四、其他

上述幾種體裁之外，魯迅在《新青年》時期寫過新詩，在左聯前期寫過仿民謠體的諷刺詩。魯迅較多寫舊體詩。沉鬱瑰麗，寄慨遙深，主體情志不能在雜文充分顯露者，往往藉舊體詩句和盤托出。今天所見到的詩作，大多寫於上海時期，不過少作也留下幾首，別饒風致。

關於魯迅的書信，他與許廣平來往書函，親自編集為《兩地書》出版。不是一般意義的「情書」，卻更能見出雙方靈魂之坦露。魯迅的心境與思想，此中有較多直白的表述。其他書簡，迄今輯入《魯迅全集》的已達一千四百多封，但遺佚的當尚不少。書簡文筆質樸自然，又往往涉筆成

趣。在寫給他信得過的一些朋友的書函中，既有給對方的關切，更常有自身處境乃至困境的坦率表白。讀者想要了解魯迅的「全人」，這是一份不可忽視的材料。

魯迅的日記，作者生前未發表，今天收入《全集》者，從一九一二年五月抵京之日以迄一九三六年十月逝世前一天。所錄多為書信往來與文學活動事項，至於生活他端，僅見眉目。雖然簡略，自有史料價值。

魯迅的文學活動，一半以上時間與精力用在編輯刊物與翻譯外國文學作品和理論。他為大量譯文所寫的序跋說明，是富有見地的文學評論。作為學者，他對中國古籍的輯佚整理，尤其對中國小說史的研究，做出很大的成績。魯迅以其弘闊的胸襟，打通古今中外，但又有所別擇；建立自己的學術個性，又匯合於作者的文藝心靈，與所歷的時代風雲既分又合，而統一在魯迅的生命格調之中。

關於本書的編選

面對魯迅在這樣曲折的生命歷程中，寫下的內容豐富、體裁多樣的大量作品，任何認真的選家都會感到措手為難。魯迅自己便不大相信選本。他曾經說過：「選本所顯示的，往往並非作者的特色，倒是選者的眼光。眼光愈銳利，見識愈深廣，選本固然愈準確。但可惜的是大抵目光如豆，抹殺了作者真相的居多。」[28] 選本有偏，難見作者「全人」而失真；讀者被選者縮小了眼界，尤其當選本號稱選取精華或代表作的，更須提防。但實際上讀者也需要選本，魯迅自己便編過《自選集》。

我們現在編這本篇幅不大的選本，當然不能表現作者的「全人」，更談不上精華在此。只是希望做一個引子，向青年朋友介紹一些入門閱讀較易的篇章。所選篇章，最好也多少照應作者諸方面的表現，但勢不能面面

俱到。一些公認的重要作品，如《狂人日記》、《阿Q正傳》及「筆戰」名篇，或因考慮入門讀者程度，或因篇幅所限，暫不選入或僅予節錄。

本書目的首在介紹作品，雖則作者其人也略見眉目，卻遠未說得上知人論世。所以選目按體裁劃分為小說、散文詩、散文、雜文四大類。小說、散文詩各按寫作先後排列；散文、雜文又據題材或作法細分幾組。每一類選文之前，還有簡單的說明。

如果這個選本能盡到引介之責，讀者自應跨越本書，進一步閱讀魯迅其他作品、個別集子，以至全集。像魯迅這樣複雜的作家，任何選本都難以表現他的「全人」。魯迅的意義，固然首先在於他是偉大的文學家，但在二十世紀中國歷史脈絡中，文學家不只是藝術家，往往同時是思想家乃至革命者。生命、社會、文化，三者在魯迅筆下佔有同等的分量。他所開創的藝術形式，他所揭示的社會境況，他所思索的文化問題，到今天仍然有相當的意義。單就社會一面來說，阿Q並不「速朽」，野草尚未「朽腐」，指斥時弊的雜文仍未與時俱逝。這究竟是藝術家的勝利，還是改革者的挫折，正足引發讀者低徊再三。魯迅的文學世界，是個需要讀者參與，一同感受與思索的世界；從感受與思索中，了解魯迅，並有助於了解中國，了解我們自己。

黃繼持

一九九四年一月完稿

【注釋】

〔1〕 《吶喊·自序》：全集卷一，頁四一五。（本文引《魯迅全集》，據人民文學出版社一九八一年版的十六卷本。）

〔2〕 《墳·文化偏至論》：全集卷一，頁五二。

〔3〕《墳·摩羅詩力說》：全集卷一，頁六六。

〔4〕《墳·文化偏至論》：全集卷一，頁五三。

〔5〕 周作人《關於魯迅之二》，載於《瓜豆集》，頁二三八。

〔6〕《譯文序跋集·〈黯淡的煙靄裡〉譯者附記》：全集卷十，頁一八五。

〔7〕《且介亭雜文二集·〈中國新文學大系〉小說二集序》：全集卷六，頁二三八。

〔8〕《吶喊·自序》：全集卷一，頁四一五。

〔9〕《熱風·題記》：全集卷一，頁二九一。

〔10〕《南腔北調集·〈自選集〉自序》：全集卷四，頁四五六。

〔11〕《書信·致蕭軍蕭紅》：全集卷十三，頁一一六。

〔12〕《南腔北調集·我怎麼做起小說來》：全集卷四，頁五一一。

〔13〕《南腔北調集·我怎麼做起小說來》：全集卷四，頁五一二。

〔14〕《集外集拾遺·英譯本〈短篇小說選集〉自序》：全集卷七，頁三八九。

〔15〕《南腔北調集·〈自選集〉自序》：全集卷四，頁四五五。

〔16〕《集外集·俄文譯本〈阿Q正傳〉序及著者自敘傳略》：全集卷七，頁八一。

〔17〕《書信·致黎烈文》：全集卷十三，頁二九九。

〔18〕《故事新編·序言》：全集卷二，頁三四二。

〔19〕《集外集拾遺補編·自傳》：全集卷八，頁三六二。

〔20〕《且介亭雜文·序言》：全集卷六，頁三。

〔21〕《華蓋集·題記》：全集卷三，頁三。

〔22〕 瞿秋白《魯迅雜感選集·序言》。

〔23〕《偽自由書·前記》：全集卷五，頁四。

〔24〕《南腔北調集·小品文的危機》：全集卷四，頁五七六至五七七。

〔25〕《書信·致蕭軍》：全集卷十二，頁五三二。

〔26〕《野草·題辭》：全集卷二，頁一五九。

〔27〕《朝花夕拾·小引》：全集卷二，頁二三〇。

〔28〕《且介亭雜文二集·「題未定」草（六至九）》：全集卷六，頁四二一。

小說

魯迅說：「在將來，圍在高牆裡面的一切人眾，總會自己覺醒，走出，都來開口的罷，而現在還少見，所以我也只能依了自己的覺察，孤寂地姑且將這些寫出，作為在我的眼裡所經過的中國的人生。」

【說明】

　　《藥》是魯迅所作的第三篇白話小說，寫於一九一九年四月，發表於五月中，正當「五四」前後。本篇寫國民的愚昧和志士的犧牲，故事發生在清末。以「藥」為小說中心意象，這「藥」卻是人血饅頭，取吃饅頭的姓華，犧牲者姓夏，華夏當然有所喻。犧牲者名夏瑜，顯然影射秋瑾。小說正寫華家，側寫夏瑜，志士之血只做了他想救治的愚昧民眾的人血饅頭，於病無益，悲慨可見。小說末節，在夏瑜墳上添了個花環。作者後來說，因為「那時的主將是不主張消極的」，所以「不恤用了曲筆」（《吶喊·自序》），裝點些「亮色」。

　　《故鄉》作於一九二一年一月，寫入作者兩年前回鄉的感受，但小說當然不等於記實。小說用第一身敘述，從「我」的眼中見出故鄉的凋敝；「我」與閏土重逢，引出兒時的回憶，對比中揭示了農民的困苦和人際的隔膜。但篇末仍表達了對「新的生活」的希望。最後關於「路」的話，已成為魯迅式的格言了。

　　《阿 Q 正傳》從一九二一年十二月起分章刊出，共九章。這裡選錄兩章，主要敘寫阿 Q 的「精神勝利法」。章題《優勝記略》，模擬古代傳記標目作反諷。作者後來說：「我之作此篇，實不以滑稽或哀憐為目的。」（《書信·一九三○年十月十三日致王喬南》）他是藉此批判國民性中普遍的弱點。但阿 Q 作為一個角色，又確有可笑可憫之處。小說末後三章，在革命中，阿 Q 以農民式的幻想，要投靠革命，又糊糊塗塗地被槍斃。魯迅在此寄寓了他對辛亥革命的批判。而阿 Q 作為農民性格複雜性的展示，見出魯迅畫出「沉默的國民的魂靈」的功力。

　　以上三篇俱選自《吶喊》。

　　《彷徨》選兩篇，俱作於一九二五年十月，以濃重的悲劇筆調，寫下

兩種類型的知識分子的奮鬥與挫敗。《孤獨者》中的主角憤世抗俗，卻被迫無路反與濁世同流以作「報復」，終於自棄自毀。《傷逝》的男女青年勇敢地追求個性解放，爭取戀愛自由，可是終於擺脫不了內外原因所造成的悲劇。這兩篇藝術卓越，情中見理。都用第一身敘述。《傷逝》借男主角「手記」形式，以懺悔的語調追敘始末。《孤獨者》的敘述者是配角，用「我」的眼睛看主角的生死片段，留出空白，卻更能點出神魂，逼人反思。

　　《故事新編》選《鑄劍》一篇。該書其他篇章較多涉筆今人今事而致「油滑」，本篇卻是例外。作者也承認：「《鑄劍》確是寫得較為認真。」（《書信‧一九三六年三月二十八日致增田涉》）這篇小說成稿於一九二七年他在廣州中山大學任教期間，動筆當較早，主題為復仇，大抵跟他在「三‧一八」事件前後感受有關。初發表時題作《眉間尺》，編入《自選集》及《故事新編》時改今名。關於眉間尺復仇的故事，採自《孝子傳》（舊題劉向作）、《列異傳》（題曹丕作。已佚，魯迅據他書輯入《古小說鉤沉》）、《搜神記》（題干寶作）等。情節奇詭，魯迅再加鋪張渲染。

藥

一

　　秋天的後半夜，月亮下去了，太陽還沒有出，只剩下一片烏藍的天；除了夜遊的東西，甚麼都睡着。華老栓忽然坐起身，擦着火柴，點上遍身油膩的燈盞，茶館的兩間屋子裡，便瀰滿了青白的光。

　　「小栓的爹，你就去麼？」是一個老女人的聲音。裡邊的小屋子裡，也發出一陣咳嗽。

　　「唔。」老栓一面聽，一面應，一面扣上衣服；伸手過去說，「你給我罷。」

　　華大媽在枕頭底下掏了半天，掏出一包洋錢，交給老栓，老栓接了，抖抖的裝入衣袋，又在外面按了兩下；便點上燈籠，吹熄燈盞，走向裡屋子去了。那屋子裡面，正在窸窸窣窣的響，接着便是一通咳嗽。老栓候他平靜下去，才低低的叫道：「小栓……你不要起來。……店麼？你娘會安排的。」

　　老栓聽得兒子不再說話，料他安心睡了；便出了門，走到街上。街上黑沉沉的一無所有，只有一條灰白的路，看得分明。燈光照着他的兩

腳，一前一後的走。有時也遇到幾隻狗，可是一隻也沒有叫。天氣比屋子裡冷得多了；老栓倒覺爽快，彷彿一旦變了少年，得了神通，有給人生命的本領似的，跨步格外高遠。而且路也愈走愈分明，天也愈走愈亮了。

老栓正在專心走路，忽然吃了一驚，遠遠裡看見一條丁字街，明明白白橫着。他便退了幾步，尋到一家關着門的鋪子，蹩進簷下，靠門立住了。好一會，身上覺得有些發冷。

「哼，老頭子。」

「倒高興。……」

老栓又吃一驚，睜眼看時，幾個人從他面前過去了。一個還回頭看他，樣子不甚分明，但很像久餓的人見了食物一般，眼裡閃出一種攫取的光。老栓看看燈籠，已經熄了。按一按衣袋，硬硬的還在。仰起頭兩面一望，只見許多古怪的人，三三兩兩，鬼似的在那裡徘徊；定睛再看，卻也看不出甚麼別的奇怪。

沒有多久，又見幾個兵，在那邊走動；衣服前後的一個大白圓圈，遠地裡也看得清楚，走過面前的，並且看出號衣上暗紅色的鑲邊。——一陣腳步聲響，一眨眼，已經擁過了一大簇人。那三三兩兩的人，也忽然合作一堆，潮一般向前趕；將到丁字街口，便突然立住，簇成一個半圓。

老栓也向那邊看，卻只見一堆人的後背；頸項都伸得很長，彷彿許多鴨，被無形的手捏住了的，向上提着。靜了一會，似乎有點聲音，便又動搖起來，轟的一聲，都向後退；一齊散到老栓立着的地方，幾乎將他擠倒了。

「喂！一手交錢，一手交貨！」一個渾身黑色的人，站在老栓面前，眼光正像兩把刀，刺得老栓縮小了一半。那人一隻大手，向他攤着；一隻手卻撮着一個鮮紅的饅頭，那紅的還是一點一點的往下滴。

老栓慌忙摸出洋錢，扯抖的想交給他，卻又不敢去接他的東西。那

人便焦急起來，嚷道，「怕甚麼？怎的不拿！」老栓還躊躇着；黑的人便搶過燈籠，一把扯下紙罩，裹了饅頭，塞與老栓；一手抓過洋錢，捏一捏，轉身去了。嘴裡哼着說：「這老東西……。」

「這給誰治病的呀？」老栓也似乎聽得有人問他，但他並不答應；他的精神，現在只在一個包上，彷彿抱着一個十世單傳的嬰兒，別的事情，都已置之度外了。他現在要將這包裹的新的生命，移植到他家裡，收穫許多幸福。太陽也出來了；在他面前，顯出一條大道，直到他家中，後面也照見丁字街頭破匾上「古口亭口」這四個黯淡的金字。

二

老栓走到家，店面早經收拾乾淨，一排一排的茶桌，滑溜溜的發光。但是沒有客人；只有小栓坐在裡排的桌前吃飯，大粒的汗，從額上滾下，夾襖也貼住了脊心，兩塊肩胛骨高高凸出，印成一個陽文的「八」字。老栓見這樣子，不免皺一皺展開的眉心。他的女人，從灶下急急走出，睜着眼睛，嘴唇有些發抖。

「得了麼？」

「得了。」

兩個人一齊走進灶下，商量了一會；華大媽便出去了，不多時，拿着一片老荷葉回來，攤在桌上。老栓也打開燈籠罩，用荷葉重新包了那紅的饅頭。小栓也吃完飯，他的母親慌忙說：——

「小栓——你坐着，不要到這裡來。」

一面整頓了灶火，老栓便把一個碧綠的包，一個紅紅白白的破燈籠，一同塞在灶裡，一陣紅黑的火焰過去時，店屋裡散滿了一種奇怪的

香味。

「好香！你們吃甚麼點心呀？」這是駝背五少爺到了。這人每天總在茶館裡過日，來得最早，去得最遲，此時恰恰整到臨街的壁角的桌邊，便坐下問話，然而沒有人答應他。「炒米粥麼？」仍然沒有人應。老栓匆匆走出，給他泡上茶。

「小栓進來罷！」華大媽叫小栓進了裡面的屋子，中間放好一條凳，小栓坐了。他的母親端過一碟烏黑的圓東西，輕輕說：——

「吃下去罷，——病便好了。」

小栓撮起這黑東西，看了一會，似乎拿着自己的性命一般，心裡說不出的奇怪。十分小心的拗開了，焦皮裡面竄出一道白氣，白氣散了，是兩半個白麵的饅頭。——不多工夫，已經全在肚裡了，卻全忘了甚麼味；面前只剩下一張空盤。他的旁邊，一面立着他的父親，一面立着他的母親，兩人的眼光，都彷彿要在他身裡注進甚麼又要取出甚麼似的；便禁不住心跳起來，按着胸膛，又是一陣咳嗽。

「睡一會罷，——病便好了。」

小栓依他母親的話，咳着睡了。華大媽候他喘氣平靜，才輕輕的給他蓋上了滿幅補釘的夾被。

三

店裡坐着許多人，老栓也忙了，提着大銅壺，一趟一趟的給客人沖茶；兩個眼眶，都圍着一圈黑線。

「老栓，你有些不舒服麼？——你生病麼？」一個花白鬍子的人說。

「沒有。」

「沒有？——我想笑嘻嘻的，原也不像……」花白鬍子便取消了自己的話。

「老栓只是忙。要是他的兒子……」駝背五少爺話還未完，突然闖進了一個滿臉橫肉的人，披一件玄色布衫，散着紐扣，用很寬的玄色腰帶，胡亂捆在腰間。剛進門，便對老栓嚷道：——

「吃了麼？好了麼？老栓，就是運氣了你！你運氣，要不是我信息靈。……」

老栓一手提了茶壺，一手恭恭敬敬的垂着；笑嘻嘻的聽。滿座的人，也都恭恭敬敬的聽。華大媽也黑着眼眶，笑嘻嘻的送出茶碗茶葉來，加上一個橄欖，老栓便去沖了水。

「這是包好！這是與眾不同的。你想，趁熱的拿來，趁熱吃下。」橫肉的人只是嚷。

「真的呢，要沒有康大叔照顧，怎麼會這樣……」華大媽也很感激的謝他。

「包好，包好！這樣的趁熱吃下。這樣的人血饅頭，甚麼癆病都包好！」

華大媽聽到「癆病」這兩個字，變了一點臉色，似乎有些不高興；但又立刻堆上笑，搭訕着走開了。這康大叔卻沒有覺察，仍然提高了喉嚨只是嚷，嚷得裡面睡着的小栓也合伙咳嗽起來。

「原來你家小栓碰到了這樣的好運氣了。這病自然定全好；怪不得老栓整天的笑着呢。」花白鬍子一面說，一面走到康大叔面前，低聲下氣的問道，「康大叔——聽說今天結果的一個犯人，便是夏家的孩子，那是誰的孩子？究竟是甚麼事？」「誰的？不就是夏四奶奶的兒子麼？那個小傢伙！」康大叔見眾人都聳起耳朵聽他，便格外高興，橫肉塊塊飽綻，越發大聲說，「這小東西不要命，不要就是了。我可是這一回一點沒有得到好

處；連剝下來的衣服，都給管牢的紅眼睛阿義拿去了。——第一要算我們栓叔運氣；第二是夏三爺賞了二十五兩雪白的銀子，獨自落腰包，一文不花。」

小栓慢慢的從小屋子走出，兩手按了胸口，不住的咳嗽；走到灶下，盛出一碗冷飯，泡上熱水，坐下便吃。華大媽跟着他走，輕輕的問道，「小栓你好些麼？——你仍舊只是肚餓？……」

「包好，包好！」康大叔瞥了小栓一眼，仍然回過臉，對眾人說，「夏三爺真是乖角兒，要是他不先告官，連他滿門抄斬。現在怎樣？銀子！——這小東西也真不成東西！關在牢裡，還要勸牢頭造反。」

「阿呀，那還了得。」坐在後排的一個二十多歲的人，很現出氣憤模樣。

「你要曉得紅眼睛阿義是去盤盤底細的，他卻和他攀談了。他說：這大清的天下是我們大家的。你想：這是人話麼？紅眼睛原知道他家裡只有一個老娘，可是沒有料到他竟會那麼窮，榨不出一點油水，已經氣破肚皮了。他還要老虎頭上搔癢，便給他兩個嘴巴！」

「義哥是一手好拳棒，這兩下，一定夠他受用了。」壁角的駝背忽然高興起來。

「他這賤骨頭打不怕，還要說可憐可憐哩。」

花白鬍子的人說，「打了這種東西，有甚麼可憐呢？」康大叔顯出看他不上的樣子，冷笑着說，「你沒有聽清我的話；看他神氣，是說阿義可憐哩！」

聽着的人的眼光，忽然有些板滯；話也停頓了，小栓已經吃完飯，吃得滿身流汗，頭上都冒出蒸氣來。

「阿義可憐——瘋話，簡直是發了瘋了。」花白鬍子恍然大悟似的說。

「發了瘋了。」二十多歲的人也恍然大悟的說。

店裡的坐客，便又現出活氣，談笑起來。小栓也趁着熱鬧，拚命咳嗽；康大叔走上前，拍他肩膀說：——

「包好！小栓——你不要這麼咳。包好！」

「瘋了。」駝背五少爺點着頭說。

四

西關外靠着城根的地面，本是一塊官地；中間歪歪斜斜一條細路，是貪走便道的人，用鞋底造成的，但卻成了自然的界限。路的左邊，都埋着死刑和瘐斃的人，右邊是窮人的叢塚。兩面都已埋到層層疊疊，宛然闊人家裡祝壽時候的饅頭。

這一年的清明，分外寒冷；楊柳才吐出半粒米大的新芽。天明未久，華大媽已在右邊的一座新墳前面，排出四碟菜，一碗飯，哭了一場。化過紙，呆呆的坐在地上；彷彿等候甚麼似的，但自己也說不出等候甚麼。微風起來，吹動他短髮，確乎比去年白得多了。

小路上又來了一個女人，也是半白頭髮，襤褸的衣裙；提一個破舊的朱漆圓籃，外掛一串紙錠，三步一歇的走。忽然見華大媽坐在地上看他，便有些躊躇，慘白的臉上，現出些羞愧的顏色；但終於硬着頭皮，走到左邊的一座墳前，放下了籃子。

那墳與小栓的墳，一字兒排着，中間只隔一條小路。華大媽看他排好四碟菜，一碗飯，立着哭了一通，化過紙錠；心裡暗暗地想，「這墳裡的也是兒子了。」那老女人徘徊觀望了一回，忽然手腳有些發抖，蹌蹌踉踉退下幾步，瞪着眼只是發怔。

華大媽見這樣子，生怕他傷心到快要發狂了；便忍不住立起身，跨

過小路，低聲對他說，「你這位老奶奶不要傷心了，——我們還是回去罷。」

那人點一點頭，眼睛仍然向上瞪着；也低聲吃吃的說道，「你看。——看這是甚麼呢？」

華大媽跟了他指頭看去，眼光便到了前面的墳，這墳上草根還沒有全合，露出一塊一塊的黃土，煞是難看。再往上仔細看時，卻不覺也吃一驚；——分明有一圈紅白的花，圍着那尖圓的墳頂。

他們的眼睛都已老花多年了，但望這紅白的花，卻還能明白看見。花也不很多，圓圓的排成一個圈，不很精神，倒也整齊。華大媽忙看他兒子和別人的墳，卻只有不怕冷的幾點青白小花，零星開着；便覺得心裡忽然感到一種不足和空虛，不願意根究。那老女人又走近幾步，細看了一遍，自言自語的說，「這沒有根，不像自己開的！這地方有誰來呢？孩子不會來玩；——親戚本家早不來了。——這是怎麼一回事呢？」他想了又想，忽又流下淚來，大聲說道：——

「瑜兒，他們都冤枉了你，你還是忘不了，傷心不過，今天特意顯點靈，要我知道麼？」他四面一看，只見一隻烏鴉，站在一株沒有葉的樹上，便接着說，「我知道了。——瑜兒，可憐他們坑了你，他們將來總有報應，天都知道；你閉了眼睛就是了。——你如果真在這裡，聽到我的話，——便教這烏鴉飛上你的墳頂，給我看罷。」

微風早經停息了；枯草支支直立，有如銅絲。一絲發抖的聲音，在空氣中愈顫愈細，細到沒有，周圍便都是死一般靜。兩人站在枯草叢裡，仰面看那烏鴉；那烏鴉也在筆直的樹枝間，縮着頭，鐵鑄一般站着。

許多的工夫過去了；上墳的人漸漸增多，幾個老的小的，在土墳間出沒。

華大媽不知怎的，似乎卸下了一挑重擔，便想到要走；一面勸着

説，「我們還是回去罷。」

　　那老女人歎一口氣，無精打采的收起飯菜；又遲疑了一刻，終於慢慢地走了。嘴裡自言自語的説，「這是怎麼一回事呢？……」

　　他們走不上二三十步遠，忽聽得背後「啞——」的一聲大叫；兩個人都悚然的回過頭，只見那烏鴉張開兩翅，一挫身，直向着遠處的天空，箭也似的飛去了。

一九一九年四月

（按：本文選自《吶喊》）

故鄉

我冒了嚴寒，回到相隔二千餘里，別了二十餘年的故鄉去。

時候既然是深冬；漸近故鄉時，天氣又陰晦了，冷風吹進船艙中，嗚嗚的響，從篷隙向外一望，蒼黃的天底下，遠近橫着幾個蕭索的荒村，沒有一些活氣。我的心禁不住悲涼起來了。

阿！這不是我二十年來時時記得的故鄉？

我所記得的故鄉全不如此。我的故鄉好得多了。但要我記起他的美麗，說出他的佳處來，卻又沒有影像，沒有言辭了。彷彿也就如此。於是我自己解釋說：故鄉本也如此，——雖然沒有進步，也未必有如我所感的悲涼，這只是我自己心情的改變罷了，因為我這次回鄉，本沒有甚麼好心緒。

我這次是專為了別他而來的。我們多年聚族而居的老屋，已經公同賣給別姓了，交屋的期限，只在本年，所以必須趕在正月初一以前，永別了熟識的老屋，而且遠離了熟識的故鄉，搬家到我在謀食的異地去。

第二日清早晨我到了我家的門口了。瓦楞上許多枯草的斷莖當風抖着，正在說明這老屋難免易主的原因。幾房的本家大約已經搬走了，所以很寂靜。我到了自家的房外，我的母親早已迎着出來了，接着便飛出了八

歲的姪兒宏兒。

我的母親很高興，但也藏着許多淒涼的神情，教我坐下，歇息，喝茶，且不談搬家的事。宏兒沒有見過我，遠遠的對面站着只是看。

但我們終於談到搬家的事。我說外間的寓所已經租定了，又買了幾件家具，此外須將家裡所有的木器賣去，再去增添。母親也說好，而且行李也略已齊集，木器不便搬運的，也小半賣去了，只是收不起錢來。

「你休息一兩天，去拜望親戚本家一回，我們便可以走了。」母親說。

「是的。」

「還有閏土，他每到我家來時，總問起你，很想見你一回面。我已經將你到家的大約日期通知他，他也許就要來了。」

這時候，我的腦裡忽然閃出一幅神異的圖畫來：深藍的天空中掛着一輪金黃的圓月，下面是海邊的沙地，都種着一望無際的碧綠的西瓜，其間有一個十一二歲的少年，項帶銀圈，手捏一柄鋼叉，向一匹猹盡力的刺去，那猹卻將身一扭，反從他的胯下逃走了。

這少年便是閏土。我認識他時，也不過十多歲，離現在將有三十年了；那時我的父親還在世，家景也好，我正是一個少爺。那一年，我家是一件大祭祀的值年。這祭祀，說是三十多年才能輪到一回，所以很鄭重；正月裡供祖像，供品很多，祭器很講究，拜的人也很多，祭器也很要防偷去。我家只有一個忙月（我們這裡給人做工的分三種：整年給一定人家做工的叫長年；按日給人做工的叫短工；自己也種地，只在過年過節以及收租時候來給一定的人家做工的稱忙月），忙不過來，他便對父親說，可以叫他的兒子閏土來管祭器的。

我的父親允許了；我也很高興，因為我早聽到閏土這名字，而且知道他和我彷彿年紀，閏月生的，五行缺土，所以他的父親叫他閏土。他是能裝弶（音「強（低去）」，捕鳥工具）捉小鳥雀的。

我於是日日盼望新年，新年到，閏土也就到了。好容易到了年末，有一日，母親告訴我，閏土來了，我便飛跑的去看。他正在廚房裡，紫色的圓臉，頭戴一頂小氈帽，頸上套一個明晃晃的銀項圈，這可見他的父親十分愛他，怕他死去，所以在神佛面前許下願心，用圈子將他套住了。他見人很怕羞，只是不怕我，沒有旁人的時候，便和我說話，於是不到半日，我們便熟識了。

我們那時候不知道談些甚麼，只記得閏土很高興，說是上城之後，見了許多沒有見過的東西。

第二日，我便要他捕鳥。他說：

「這不能。須大雪下了才好。我們沙地上，下了雪，我掃出一塊空地來，用短棒支起一個大竹匾，撒下秕穀，看鳥雀來吃時，我遠遠地將縛在棒上的繩子只一拉，那鳥雀就罩在竹匾下了。甚麼都有：稻雞、角雞、鵓鴣、藍背……」

我於是又很盼望下雪。

閏土又對我說：

「現在太冷，你夏天到我們這裡來。我們日裡到海邊撿貝殼去，紅的綠的都有，鬼見怕也有，觀音手也有，晚上我和爹管西瓜去，你也去。」

「管賊麼？」

「不是。走路的人口渴了摘一個瓜吃，我們這裡是不算偷的。要管的是獾豬、刺蝟、猹。月亮地下，你聽，啦啦的響了，猹在咬瓜了。你便捏了胡叉，輕輕地走去……」

我那時並不知道這所謂猹的是怎麼一件東西——便是現在也沒有知道——只是無端的覺得狀如小狗而很兇猛。

「他不咬人麼？」

「有胡叉呢。走到了，看見猹了，你便刺。這畜生很伶俐，倒向你奔

來，反從胯下竄了。牠的皮毛是油一般的滑。……」

　　我素不知道天下有這許多新鮮事：海邊有如許五色的貝殼；西瓜有這樣危險的經歷，我先前單知道他在水果店裡出賣罷了。

　　「我們沙地裡，潮汛要來的時候，就有許多跳魚兒只是跳，都有青蛙似的兩個腳。……」

　　阿！閏土的心裡有無窮無盡的希奇的事，都是我往常的朋友所不知道的。他們不知道一些事，閏土在海邊時，他們都和我一樣只看見院子裡高牆上的四角的天空。

　　可惜正月過去了，閏土須回家裡去，我急得大哭，他也躲到廚房裡，哭着不肯出門，但終於被他父親帶走了。他後來還託他的父親帶給我一包貝殼和幾枝很好看的鳥毛，我也曾送他一兩次東西，但從此沒有再見面。

　　現在我的母親提起了他，我這兒時的記憶，忽而全都閃電似的蘇生過來，似乎看到了我的美麗的故鄉了。我應聲說：

　　「這好極！他，——怎樣？……」

　　「他？……他景況也很不如意……」母親說着，便向房外看，「這些人又來了。說是買木器，順手也就隨便拿走的，我得去看看。」

　　母親站起身，出去了。門外有幾個女人的聲音，我便招宏兒走近面前，和他閒話：問他可會寫字，可願意出門。

　　「我們坐火車去麼？」

　　「我們坐火車去。」

　　「船呢？」

　　「先坐船，……」

　　「哈！這模樣了！鬍子這麼長了！」一種尖利的怪聲突然大叫起來。我吃了一嚇，趕忙抬起頭，卻見一個凸顴骨，薄嘴唇，五十歲上下的女人

站在我面前，兩手搭在髀間，沒有繫裙，張着兩腳，正像一個畫圖儀器裡細腳伶仃的圓規。

我愕然了。

「不認識了麼？我還抱你咧！」

我愈加愕然了。幸而我的母親也就進來，從旁說：

「他多年出門，統忘卻了。你該記得罷，」便向着我說：「這是斜對門的楊二嫂，……開豆腐店的。」

哦，我記得了。我孩子時候，在斜對門的豆腐店裡確乎終日坐着一個楊二嫂，人都叫伊「豆腐西施」。但是擦着白粉，顴骨沒有這麼高，嘴唇也沒有這麼薄。而且終日坐着，我也從沒有見過這圓規式的姿勢。那時人說：因為伊，這豆腐店的買賣非常好。但這大約因為年齡的關係，我卻並未蒙着一毫感化，所以竟完全忘卻了。然而圓規很不平，顯出鄙夷的神色，彷彿嗤笑法國人不知道拿破崙，美國人不知道華盛頓似的，冷笑說：

「忘了？這真是貴人眼高。……」

「那有這事……我……」我惶恐着，站起來說。

「那麼，我對你說。迅哥兒，你闊了，搬動又笨重，你還要甚麼這些破爛木器，讓我拿去罷。我們小戶人家，用得着。」

「我並沒有闊哩。我須賣了這些，再去……」

「阿呀呀，你放了道台了，還說不闊？你現在有三房姨太太，出門便是八抬的大轎，還說不闊？嚇，甚麼都瞞不過我。」

我知道無話可說了，便閉了口，默默的站着。

「阿呀阿呀，真是愈有錢，便愈是一毫不肯放鬆，愈是一毫不肯放鬆，便愈有錢……」圓規一面憤憤的回轉身，一面絮絮的說，慢慢向外走，順便將我母親的一副手套塞在褲腰裡，出去了。

此後又有近處的本家和親戚來訪問我。我一面應酬，偷空便收拾些

行李，這樣的過了三四天。

　　一日是天氣很冷的午後，我吃過午飯，坐着喝茶，覺得外面有人進來了，便回頭去看。我看時，不由的非常出驚，慌忙站起身，迎着走去。

　　這來的便是閏土。雖然我一見便知道是閏土，但又不是我這記憶上的閏土了。他身材增加了一倍；先前的紫色的圓臉，已經變作灰黃，而且加上了很深的皺紋；眼睛也像他父親一樣，周圍都腫得通紅，這我知道，在海邊種地的人，終日吹着海風，大抵是這樣的。他頭上是一頂破氈帽，身上只一件極薄的棉衣，渾身瑟索着；手裡提着一個紙包和一枝長煙管，那手也不是我所記得的紅活圓實的手，卻又粗又笨而且開裂，像是松樹皮了。我這時很興奮，但不知道怎麼說才好，只是說：

　　「阿！閏土哥，——你來了？……」

　　我接着便有許多話，想要連珠一般湧出：角雞，跳魚兒，貝殼，猹，……但又總覺得被甚麼擋着似的。單在腦裡面迴旋，吐不出口外去。

　　他站住了，臉上現出歡喜和淒涼的神情；動着嘴唇，卻沒有作聲。他的態度終於恭敬起來了，分明的叫道：

　　「老爺！……」

　　我似乎打了一個寒噤；我就知道，我們之間已經隔了一層可悲的厚障壁了，我也說不出話。

　　他回過頭去說：「水生，給老爺磕頭。」便拖出躲在背後的孩子來，這正是一個二十年前的閏土，只是黃瘦些，頸子上沒有銀圈罷了。「這是第五個孩子，沒有見過世面，躲躲閃閃。……」

　　母親和宏兒下樓來了，他們大約也聽到了聲音。

　　「老太太。信是早收到了。我實在喜歡的了不得，知道老爺回來……」閏土說。

　　「阿，你怎的這樣客氣起來。你們先前不是哥弟稱呼麼？還是照舊：

迅哥兒。」母親高興的說。

「阿呀，老太太真是……這成甚麼規矩。那時是孩子，不懂事……」閏土說着，又叫水生上來打拱，那孩子卻害羞，緊緊的只貼在他背後。

「他就是水生？第五個？都是生人，怕生也難怪的；還是宏兒和他去走走。」母親說。

宏兒聽得這話，便來招水生，水生卻鬆鬆爽爽同他一路出去了。母親叫閏土坐，他遲疑了一回，終於就了坐，將長煙管靠在桌旁，遞過紙包來，說：

「冬天沒有甚麼東西了。這一點乾青豆倒是自家曬在那裡的，請老爺……」

我問問他的景況。他只是搖頭。

「非常難。第六個孩子也會幫忙了，卻總是吃不夠……又不太平……甚麼地方都要錢，沒有定規……收成又壞。種出東西來，挑去賣，總要捐幾回錢，折了本；不去賣，又只能爛掉。……」

他只是搖頭；臉上雖然刻着許多皺紋，卻全然不動，彷彿石像一般。他大約只是覺得苦，卻又形容不出，沉默了片時，便拿起煙管來默默的吸煙了。

母親問他，知道他的家裡事務忙，明天便得回去；又沒有吃過午飯，便叫他自己到廚下炒飯吃去。

他出去了；母親和我都歎息他的景況：多子、饑荒、苛稅、兵、匪、官、紳，都苦得他像一個木偶人了。母親對我說，凡是不必搬走的東西，盡可以送他，可以聽他自己去揀擇。

下午，他揀好了幾件東西：兩條長桌，四個椅子，一副香爐和燭台，一桿抬秤。他又要所有的草灰（我們這裡煮飯是燒稻草的，那灰，可以做沙地的肥料），待我們啟程的時候，他用船來載去。

夜間，我們又談些閒天，都是無關緊要的話；第二天早晨，他就領了水生回去了。

又過了九日，是我們啟程的日期。閏土早晨便到了，水生沒有同來，卻只帶着一個五歲的女兒管船隻。我們終日很忙碌，再沒有談天的工夫。來客也不少，有送行的，有拿東西的，有送行兼拿東西的。待到傍晚我們上船的時候，這老屋裡的所有破舊大小粗細東西，已經一掃而空了。

我們的船向前走，兩岸的青山在黃昏中，都裝成了深黛顏色，連着退向船後梢去。宏兒和我靠着船窗，同看外面模糊的風景，他忽然問道：

「大伯！我們甚麼時候回來？」

「回來？你怎麼還沒有走就想回來了。」

「可是，水生約我到他家玩去咧……」他睜着大的黑眼睛，痴痴的想。

我和母親也都有些惘然，於是又提起閏土來。母親說：那豆腐西施的楊二嫂，自從我家收拾行李以來，本是每日必到的，前天伊在灰堆裡，掏出十多個碗碟來，議論之後，便定說是閏土埋着的，他可以在運灰的時候，一齊搬回家裡去；楊二嫂發見了這件事，自己很以為功，便拿了那狗氣殺（這是我們這裡養雞的器具，木盤上面有着柵欄，內盛食料，雞可以伸進頸子去啄，狗卻不能，只能看着氣死），飛也似的跑了，虧伊裝着這麼高底的小腳，竟跑得這樣快。

老屋離我愈遠了；故鄉的山水也都漸漸遠離了我，但我卻並不感到怎樣的留戀。我只覺得我四面有看不見的高牆，將我隔成孤身，使我非常氣悶；那西瓜地上的銀項圈的小英雄的影像，我本來十分清楚，現在卻忽地模糊了，又使我非常的悲哀。

母親和宏兒都睡着了。

我躺着，聽船底潺潺的水聲，知道我在走我的路。我想：我竟與閏

土隔絕到這地步了，但我們的後輩還是一氣，宏兒不是正在想念水生麼。我希望他們不再像我，又大家隔膜起來……然而我又不願意他們因為要一氣，都如我的辛苦展轉而生活，也不願意他們都如閏土的辛苦麻木而生活，也不願意都如別人的辛苦恣睢而生活。他們應該有新的生活，為我們所未經生活過的。

我想到希望，忽然害怕起來了。閏土要香爐和燭台的時候，我還暗地裡笑他，以為他總是崇拜偶像，甚麼時候都不忘卻。現在我所謂希望，不也是我自己手製的偶像麼？只是他的願望切近，我的願望茫遠罷了。

我在朦朧中，眼前展開一片海邊碧綠的沙地來，上面深藍的天空中掛着一輪金黃的圓月。我想：希望是本無所謂有，無所謂無的。這正如地上的路，其實地上本沒有路；走的人多了，也便成了路。

一九二一年一月

（按：本文選自《吶喊》）

阿Q正傳（節錄）

第二章　優勝記略

　　阿Q不獨是姓名籍貫有些渺茫，連他先前的「行狀」也渺茫。因為未莊的人們之於阿Q，只要他幫忙，只拿他玩笑，從來沒有留心他的「行狀」的。而阿Q自己也不說，獨有和別人口角的時候，間或瞪着眼睛道：

　　「我們先前——比你闊的多啦？你算是甚麼東西！」

　　阿Q沒有家，住在未莊的土穀祠裡；也沒有固定的職業，只給人家做短工，割麥便割麥，舂米便舂米，撐船便撐船。工作略長久時，他也或住在臨時主人的家裡，但一完就走了。所以，人們忙碌的時候，也還記起阿Q來，然而記起的是做工，並不是「行狀」；一閒空，連阿Q都早忘卻，更不必說「行狀」了。只是有一回，有一個老頭子頌揚說：「阿Q真能做！」這時阿Q赤着膊，懶洋洋的瘦伶仃的正在他面前，別人也摸不着這話是真心還是譏笑，然而阿Q很喜歡。

　　阿Q又很自尊，所有未莊的居民，全不在他眼睛裡，甚而至於對於兩位「文童」也有以為不值一笑的神情。夫文童者，將來恐怕要變秀才者也；趙太爺、錢太爺大受居民的尊敬，除有錢之外，就因為都是文童的爹

爹，而阿Q在精神上獨不表格外的崇奉，他想：我的兒子會闊得多啦！加以進了幾回城，阿Q自然更自負，然而他又很鄙薄城裡人，譬如用三尺長三寸寬的木板做成的凳子，未莊叫「長凳」，他也叫「長凳」，城裡人卻叫「條凳」，他想：這是錯的，可笑！油煎大頭魚，未莊都加上半寸長的葱葉，城裡卻加上切細的葱絲，他想：這也是錯的，可笑！然而未莊人真是不見世面的可笑的鄉下人呵，他們沒有見過城裡的煎魚！

阿Q「先前闊」，見識高，而且「真能做」，本來幾乎是一個「完人」了，但可惜他體質上還有一些缺點，最惱人的是在他頭皮上，頗有幾處不知起於何時的癩瘡疤。這雖然也在他身上，而看阿Q的意思，倒也似乎以為不足貴的，因為他諱説「癩」以及一切近於「賴」的音，後來推而廣之，「光」也諱，「亮」也諱，再後來，連「燈」、「燭」都諱了。一犯諱，不問有心與無心，阿Q便全疤通紅的發起怒來，估量了對手，口訥的他便罵，氣力小的他便打；然而不知怎麼一回事，總還是阿Q吃虧的時候多，於是他漸漸的變換了方針，大抵改為怒目而視了。

誰知道阿Q採用怒目主義之後，未莊的閒人們便愈喜歡玩笑他，一見面，他們便假作吃驚的説：

「嚛，亮起來了。」

阿Q照例的發了怒，他怒目而視了。

「原來有保險燈在這裡！」他們並不怕。

阿Q沒有法，只得另外想出報復的話來：

「你還不配⋯⋯」這時候，又彷彿在他頭上的是一種高尚的光榮的癩頭瘡，並非平常的癩頭瘡了；但上文説過，阿Q是有見識的，他立刻知道和「犯忌」有點抵觸，便不再往底下説。

閒人還不完，只撩他，於是終而至於打。阿Q在形式上打敗了，被人揪住黃辮子，在壁上碰了四五個響頭，閒人這才心滿意足的得勝的走

了，阿Q站了一刻，心裡想，「我總算被兒子打了，現在的世界真不像樣……」於是也心滿意足的得勝的走了。

阿Q想在心裡的，後來每每說出口來，所以凡有和阿Q玩笑的人們，幾乎全知道他有這一種精神上的勝利法，此後每逢揪住他黃辮子的時候，人就先一着對他說：

「阿Q這不是兒子打老子，是人打畜生，自己說：人打畜生！」

阿Q兩隻手都捏住了自己的辮根，歪着頭，說道：

「打蟲豸，好不好？我是蟲豸——還不放麼？」

但雖然是蟲豸，閒人也並不放，仍舊在就近甚麼地方給他碰了五六個響頭，這才心滿意足的得勝的走了，他以為阿Q這回可遭了瘟。然而不到十秒鐘，阿Q也心滿意足的得勝的走了，他覺得他是第一個能夠自輕自賤的人，除了「自輕自賤」不算外，餘下的就是「第一個」。狀元不也是「第一個」麼？「你算是甚麼東西」呢！？

阿Q以如是等等妙法克服怨敵之後，便愉快的跑到酒店裡喝幾碗酒，又和別人調笑一通，口角一通，又得了勝，愉快的回到土穀祠，放倒頭睡着了。假使有錢，他便去押牌寶，一堆人蹲在地面上，阿Q即汗流滿面的夾在這中間，聲音他最響：

「青龍四百！」

「咳——開——啦！」椿家揭開盒子蓋，也是汗流滿面的唱。「天門啦——角回啦！人和穿堂空在那裡啦！——阿Q的銅錢拿過來——」

「穿堂一百——一百五十！」

阿Q的錢便在這樣的歌吟之下，漸漸的輸入別個汗流滿面的人物的腰間。他終於只好擠出堆外。站在後面看，替別人着急，一直到散場，然後戀戀的回到土穀祠，第二天，腫着眼睛去工作。

但真所謂「塞翁失馬安知非福」罷，阿Q不幸而贏了一回，他倒幾

乎失敗了。

這是未莊賽神的晚上。這晚上照例有一台戲，戲台左近，也照例有許多的賭攤。做戲的鑼鼓，在阿 Q 耳朵裡彷彿在十里之外；他只聽得椿家的歌唱了。他贏而又贏。銅錢變成角洋，角洋變成大洋，大洋又成了疊。他興高采烈得非常：

「天門兩塊！」

他不知道誰和誰為甚麼打起架來了。罵聲、打聲、腳步聲，昏頭昏腦的一大陣，他才爬起來，賭攤不見了，人們也不見了，身上有幾處很似乎有些痛，似乎也捱了幾拳幾腳似的，幾個人詫異的對他看。他如有所失的走進土穀祠，定一定神，知道他的一堆洋錢不見了。趕賽會的賭攤多不是本村人，還到那裡去尋根柢呢？

很白很亮的一堆洋錢！而且是他的——現在不見了！說是算被兒子拿去了罷，總還是忽忽不樂；說自己是蟲豸罷，也還是忽忽不樂；他這回才有些感到失敗的苦痛了。

但他立刻轉敗為勝了。他擎起右手，用力的在自己臉上連打了兩個嘴巴，熱刺刺的有些痛；打完之後，便心平氣和起來，似乎打的是自己，被打的是別一個自己，不久也就彷彿是自己打了別個一般，——雖然還有些熱刺刺 ·   · 心滿意足的得勝的躺下了。

他睡着了。

第三章　續優勝記略

然而阿 Q 雖然常優勝，卻直待蒙趙太爺打他嘴巴之後，這才出了名。

他付過地保二百文酒錢，忿忿的躺下了，後來想：「現在的世界太不

成話，兒子打老子⋯⋯」於是忽而想到趙太爺的威風，而現在是他的兒子了，便自己也漸漸的得意起來，爬起身，唱着《小孤孀上墳》到酒店去。這時候，他又覺得趙太爺高人一等了。

　　說也奇怪，從此之後，果然大家也彷彿格外尊敬他。這在阿Q，或者以為因為他是趙太爺的父親，而其實也不然。未莊通例，倘如阿七打阿八，或者李四打張三，向來本不算一件事，必須與一位名人如趙太爺者相關，這才載上他們的口碑。一上口碑，則打的既有名，被打的也就託庇有了名。至於錯在阿Q，那自然是不必說。所以者何？就因為趙太爺是不會錯的。但他既然錯，為甚麼大家又彷彿格外尊敬他呢？這可難解，穿鑿起來說，或者因為阿Q說是趙太爺的本家，雖然捱了打，大家也還怕有些真，總不如尊敬一些穩當。否則，也如孔廟裡的太牢一般，雖然與豬羊一樣，同是畜生，但既經聖人下箸，先儒們便不敢妄動了。

　　阿Q此後倒得意了許多年。

　　有一年的春天，他醉醺醺的在街上走，在牆根的日光下，看見王鬍在那裡赤着膊捉虱子，他忽然覺得身上也癢起來了。這王鬍，又癩又鬍，別人都叫他王癩鬍，阿Q卻刪去了一個癩字，然而非常渺視他。阿Q的意思，以為癩是不足為奇的，只有這一部絡腮鬍子，實在太新奇，令人看不上眼。他於是並排坐下去了，倘是別的閒人們，阿Q本不敢大意坐下去。但這王鬍旁邊，他有甚麼怕呢？老實說：他肯坐下去，簡直還是抬舉他。

　　阿Q也脫下破夾襖來，翻檢了一回，不知道因為新洗呢還是因為粗心，許多工夫，只捉到三四個。他看那王鬍，卻是一個又一個，兩個又三個，只放在嘴裡畢畢剝剝的響。

　　阿Q最初是失望，後來卻不平了：看不上眼的王鬍尚且那麼多，自己倒反這樣少，這是怎樣的大失體統的事呵！他很想尋一兩個大的，然而

竟沒有，好容易才捉到一個中的，恨恨的塞在厚嘴唇裡，狠命一咬，劈的一聲，又不及王鬍響。

他癩瘡疤塊塊通紅了，將衣服摔在地上，吐一口唾沫，說：

「這毛蟲！」

「癩皮狗，你罵誰？」王鬍輕蔑的抬起眼來說。

阿Q近來雖然比較的受人尊敬，自己也更高傲些，但和那些打慣的閒人們見面還膽怯，獨有這回卻非常武勇了。這樣滿臉鬍子的東西，也敢出言無狀麼？

「誰認便罵誰！」他站起來，兩手叉在腰間說。

「你的骨頭癢了麼？」王鬍也站起來，披上衣服說。

阿Q以為他要逃了，搶進去就是一拳，這拳頭還未達到身上，已經被他抓住了，只一拉，阿Q蹌蹌踉踉的跌進去，立刻又被王鬍扭住了辮子，要撞到牆上照例去碰頭。

「『君子動口不動手！』」阿Q歪着頭說。

王鬍似乎不是君子，並不理會，一連給他碰了五下，又用力的一推，至於阿Q跌出六尺多遠，這才滿足的去了。

在阿Q的記憶上，這大約要算是生平第一件的屈辱，因為王鬍以絡腮鬍子的缺點，向來只被他奚落，從沒有奚落他，更不必說動手了。而他現在竟動手，很意外，難道真如市上所說，皇帝已經停了考，不要秀才和舉人了，因此趙家減了威風。因此他們也便小覷了他麼？

阿Q無可適從的站着。

遠遠的走來了一個人，他的對頭又到了。這也是阿Q最厭惡的一個人，就是錢太爺的大兒子。他先前跑上城裡去進洋學堂，不知怎麼又跑到東洋去了，半年之後他回到家裡來，腿也直了，辮子也不見了，他的母親大哭了十幾場，他的老婆跳了三回井。後來，他的母親到處說：「這辮子

是被壞人灌醉了酒剪去的。本來可以做大官，現在只好等留長再說了。」然而阿Q不肯信，偏稱他「假洋鬼子」，也叫作「裡通外國的人」，一見他，一定在肚子裡暗暗的咒罵。

阿Q尤其「深惡而痛絕之」的，是他的一條假辮子。辮子而至於假，就是沒有了做人的資格；他的老婆不跳第四回井，也不是好女人。

這「假洋鬼子」近來了。

「禿兒。驢……」阿Q歷來本只在肚子裡，沒有出過聲，這回因為正氣忿，因為要報仇，便不由的輕輕的說出來了。

不料這禿兒卻拿着一枝黃漆的棍子——就是阿Q所謂哭喪棒——大踏步走了過來。阿Q在這剎那，便知道大約要打了，趕緊抽緊筋骨，聳了肩膀等候着，果然，拍的一聲，似乎確鑿打在自己頭上了。

「我說他！」阿Q指着近旁的一個孩子，分辯說。

拍！拍拍！

在阿Q的記憶上，這大約要算是生平第二件的屈辱。幸而拍拍的響了之後，於他倒似乎完結了一件事，反而覺得輕鬆些，而且「忘卻」這一件祖傳的寶貝也發生了效力，他慢慢的走，將到酒店門口，早已有些高興了。

但對面走來了靜修庵裡的小尼姑。阿Q便在平時，看見伊也一定要唾罵，而況在屈辱之後呢？他於是發生了回憶，又發生了敵愾了。

「我不知道我今天為甚麼這樣晦氣，原來就因為見了你！」他想。

他迎上去，大聲的吐一口唾沫：

「咳，呸！」

小尼姑全不睬，低了頭只是走。阿Q走近伊身旁，突然伸出手去摩着伊新剃的頭皮，呆笑着，說：

「禿兒！快回去，和尚等着你……」

「你怎麼動手動腳……」尼姑滿臉通紅的説，一面趕快走。酒店裡的人大笑了。阿Q看見自己的勳業得了賞識，便愈加興高采烈起來：

「和尚動得，我動不得？」他扭住伊的面頰。

酒店裡的人大笑了。阿Q更得意，而且為滿足那些賞鑑家起見，再用力的一擰，才放手。

他這一戰，早忘卻了王鬍，也忘卻了假洋鬼子，似乎對於今天的一切「晦氣」都報了仇；而且奇怪，又彷彿全身比拍拍的響了之後更輕鬆，飄飄然的似乎要飛去了。

「這斷子絕孫的阿Q！」遠遠地聽得小尼姑的帶哭的聲音。

「哈哈哈！」阿Q十分得意的笑。

「哈哈哈！」酒店裡的人也九分得意的笑。

一九二一年十二月

（按：本文選自《吶喊》）

孤獨者

一

　　我和魏連殳相識一場，回想起來倒也別致，竟是以送殮始，以送殮終。

　　那時我在 S 城，就時時聽到人們提起他的名字，都說他很有些古怪：所學的是動物學，卻到中學堂去做歷史教員；對人總是愛理不理的，卻常喜歡管別人的閒事；常說家庭應該破壞，一領薪水卻一定立即寄給他的祖母，一日也不拖延。此外還有許多零碎的話柄；總之，在 S 城裡也算是一個給人當作談助的人。有一年的秋天，我在寒石山的一個親戚家裡閒住；他們就姓魏，是連殳的本家。但他們卻更不明白他，彷彿將他當作一個外國人看待，說是「同我們都異樣的」。

　　這也不足為奇，中國的興學雖說已經二十年了，寒石山卻連小學也沒有。全山村中，只有連殳是出外遊學的學生，所以從村人看來，他確是一個異類；但也很妒羨，說他掙得許多錢。

　　到秋末，山村中痢疾流行了；我也自危，就想回到城中去。那時聽說連殳的祖母就染了病，因為是老年，所以很沉重；山中又沒有一個醫

生。所謂他的家屬者，其實就只有一個這祖母，僱一名女工簡單地過活；他幼小失了父母，就由這祖母撫養成人的。聽說她先前也曾經吃過許多苦，現在可是安樂了。但因為他沒有家小，家中究竟非常寂寞，這大概也就是大家所謂異樣之一端罷。

寒石山離城是旱道一百里，水道七十里，專使人叫連殳去，往返至少就得四天。山村僻陋，這些事便算大家都要打聽的大新聞，第二天便轟傳她病勢已經極重，專差也出發了；可是到四更天竟嚥了氣，最後的話，是：「為甚麼不肯給我會一會連殳的呢？……」

族長，近房，他的祖母的母家的親丁，閒人，聚集了一屋子，豫計連殳的到來，應該已是入殮的時候了。壽材壽衣早已做成，都無須籌劃；他們的第一大問題是在怎樣對付這「承重孫」，因為逆料他關於一切喪葬儀式，是一定要改變新花樣的。聚議之後，大概商定了三大條件，要他必行。一是穿白，二是跪拜，三是請和尚道士做法事。總而言之：是全都照舊。

他們既經議妥，便約定在連殳到家的那一天，一同聚在廳前，排成陣勢，互相策應，併力做一回極嚴厲的談判。村人們都嚥着唾沫，新奇地聽候消息；他們知道連殳是「吃洋教」的「新黨」，向來就不講甚麼道理，兩面的爭鬥，大約總要開始的，或者還會釀成一種出人意外的奇觀。

傳說連殳的到家是下午，一進門，向他祖母的靈前只是彎了一彎腰。族長們便立刻照豫定計劃進行，將他叫到大廳上，先說過一大篇冒頭，然後引入本題，而且大家此唱彼和，七嘴八舌，使他得不到辯駁的機會。但終於話都說完了，沉默充滿了全廳，人們全數悚然地緊看着他的嘴。只見連殳神色也不動，簡單地回答道——

「都可以的。」

這又很出於他們的意外，大家的心的重擔都放下了，但又似乎反加

重，覺得太「異樣」，倒很有些可慮似的。打聽新聞的村人們也很失望，口口相傳道，「奇怪！他說『都可以』哩！我們看去罷！」都可以就是照舊，本來是無足觀了，但他們也還要看，黃昏之後，便欣欣然聚滿了一堂前。

我也是去看的一個，先送了一份香燭；待到走到他家，已見連殳在給死者穿衣服了。原來他是一個短小瘦削的人，長方臉，蓬鬆的頭髮和濃黑的鬚眉佔了一臉的小半，只見兩眼在黑氣裡發光。那穿衣也穿得真好，井井有條，彷彿是一個大殮的專家，使旁觀者不覺歎服。寒石山老例，當這些時候，無論如何，母家的親丁是總要挑剔的；他卻只是默默地，遇見怎麼挑剔便怎麼改，神色也不動。站在我前面的一個花白頭髮的老太太，便發出羨慕感歎的聲音。

其次是拜；其次是哭，凡女人們都念念有詞。其次入棺；其次又是拜；又是哭，直到釘好了棺蓋。沉靜了一瞬間，大家忽而擾動了，很有驚異和不滿的形勢。我也不由的突然覺到：連殳就始終沒有落過一滴淚，只坐在草薦上，兩眼在黑氣裡閃閃地發光。

大殮便在這驚異和不滿的空氣裡面完畢。大家都快快地，似乎想走散，但連殳卻還坐在草薦上沉思。忽然，他流下淚來了，接着就失聲，立刻又變成長嚎，像一匹受傷的狼，當深夜在曠野中嗥叫，慘傷裡夾雜着憤怒和悲哀。這模樣，是老例上所沒有的，先前也未曾豫防到，大家都手足無措了，遲疑了一會，就有幾個人上前去勸止他，愈去愈多，終於擠成一大堆。但他卻只是兀坐着號咷，鐵塔似的動也不動。

大家又只得無趣地散開；他哭着，哭着，約有半點鐘，這才突然停了下來，也不向弔客招呼，徑自往家裡走。接着就有前去窺探的人來報告：他走進他祖母的房裡，躺在床上，而且，似乎就睡熟了。

隔了兩日，是我要動身回城的前一天，便聽到村人都遭了魔似的發

議論，説連殳要將所有的器具大半燒給他祖母，餘下的便分贈生時侍奉，死時送終的女工，並且連房屋也要無期地借給她居住了。親戚本家都説到舌敝唇焦，也終於阻當不住。

　　恐怕大半也還是因為好奇心，我歸途中經過他家的門口，便又順便去弔慰。他穿了毛邊的白衣出見，神色也還是那樣，冷冷的。我很勸慰了一番；他卻除了唯唯諾諾之外，只回答了一句話，是——

　　「多謝你的好意。」

二

　　我們第三次相見就在這年的冬初，S 城的一個書鋪子裡，大家同時點了一點頭，總算是認識了。但使我們接近起來的，是在這年底我失了職業之後。從此，我便常常訪問連殳去。一則，自然是因為無聊賴；二則，因為聽人説，他倒很親近失意的人的，雖然素性這麼冷。但是世事升沉無定，失意人也不會長是失意人，所以他也就很少長久的朋友。這傳説果然不虛，我一投名片，他便接見了。兩間連通的客廳，並無甚麼陳設，不過是桌椅之外，排列些書架，大家雖説他是一個可怕的「新黨」，架上卻不很有新書。他已經知道我失了職業；但套話一説就完，主客便只好默默地相對，逐漸沉悶起來。我只見他很快地吸完一枝煙，煙蒂要燒着手指了，才拋在地面上。

　　「吸煙罷。」他伸手取第二枝煙時，忽然説。

　　我便也取了一枝，吸着，講些關於教書和書籍的，但也還覺得沉悶。我正想走時，門外一陣喧嚷和腳步聲，四個男女孩子闖進來了。大的八九歲，小的四五歲，手臉和衣服都很髒，而且醜得可以。但是連殳的

眼裡卻即刻發出歡喜的光來了，連忙站起，向客廳間壁的房裡走，一面說道——

「大良、二良，都來！你們昨天要的口琴，我已經買來了。」

孩子們便跟着一齊擁進去，立刻又各人吹着一個口琴一擁而出，一出客廳門，不知怎的便打將起來。有一個哭了。

「一人一個，都一樣的。不要爭呵！」他還跟在後面囑咐。

「這麼多的一群孩子都是誰呢？」我問。

「是房主人的。他們都沒有母親，只有一個祖母。」

「房東只一個人麼？」

「是的。他的妻子大概死了三四年了罷，沒有續娶。——否則，便要不肯將餘屋租給我似的單身人。」他說着，冷冷地微笑了。

我很想問他何以至今還是單身，但因為不很熟，終於不好開口。

只要和連殳一熟識，是很可以談談的。他議論非常多，而且往往頗奇警。使人不耐的倒是他的有些來客，大抵是讀過《沉淪》的罷，時常自命為「不幸的青年」或是「零餘者」，螃蟹一般懶散而驕傲地堆在大椅子上，一面唉聲歎氣，一面皺着眉頭吸煙。還有那房主的孩子們，總是互相爭吵，打翻碗碟，硬討點心，亂得人頭昏。但連殳一見他們，卻再不像平時那樣的冷冷的了，看得比自己的性命還寶貴。聽說有一回，三良發了紅斑痧，竟急得他臉上的黑氣愈見其黑了；不料那病是輕的，於是後來便被孩子們的祖母傳作笑柄。

「孩子總是好的。他們全是天真……。」他似乎也覺得我有些不耐煩了，有一天特地乘機對我說。

「那也不盡然。」我只是隨便回答他。

「不。大人的壞脾氣，在孩子們是沒有的。後來的壞，如你平日所攻擊的壞，那是環境教壞的。原來卻並不壞，天真……。我以為中國的可

以希望，只在這一點。」

「不。如果孩子中沒有壞根苗，大起來怎麼會有壞花果？譬如一粒種子，正因為內中本含有枝葉花果的胚，長大時才能夠發出這些東西來。何嘗是無端……。」我因為閒着無事，便也如大人先生們一下野，就要吃素談禪一樣，正在看佛經。佛理自然是並不懂得的，但竟也不自檢點，一味任意地說。

然而連殳氣忿了，只看了我一眼，不再開口。我也猜不出他是無話可說呢，還是不屑辯。但見他又顯出許久不見的冷冷的態度來，默默地連吸了兩枝煙；待到他再取第三枝時，我便只好逃走了。

這仇恨是歷了三月之久才消釋的。原因大概是一半因為忘卻，一半則他自己竟也被「天真」的孩子所仇視了，於是覺得我對於孩子的冒瀆的話倒也情有可原。但這不過是我的推測。其時是在我的寓裡的酒後，他似乎微露悲哀模樣，半仰着頭道——

「想起來真覺得有些奇怪。我到你這裡來時，街上看見一個很小的小孩，拿了一片蘆葉指着我道：殺！他還不很能走路……。」

「這是環境教壞的。」

我即刻很後悔我的話。但他卻似乎並不介意，只竭力地喝酒，其間又竭力地吸煙。

「我倒忘了，還沒有問你，」我便用別的話來支吾，「你是不大訪問人的，怎麼今天有這興致來走走呢？我們相識有一年多了，你到我這裡來卻還是第一回。」

「我正要告訴你呢：你這幾天切莫到我寓裡來看我了。我的寓裡正有很討厭的一大一小在那裡，都不像人！」

「一大一小？這是誰呢？」我有些詫異。

「是我的堂兄和他的小兒子。哈哈，兒子正如老子一般。」

「是上城來看你，帶便玩玩的罷？」

「不。説是來和我商量，就要將這孩子過繼給我的。」

「呵！過繼給你？」我不禁驚叫了，「你不是還沒有娶親麼？」

「他們知道我不娶的了。但這都沒有甚麼關係。他們其實是要過繼給我那一間寒石山的破屋子。我此外一無所有，你是知道的；錢一到手就化完。只有這一間破屋子。他們父子的一生的事業是在逐出那一個借住着的老女工。」

他那詞氣的冷峭，實在又使我悚然。但我還慰解他説──

「我看你的本家也還不至於此。他們不過思想略舊一點罷了。譬如，你那年大哭的時候，他們就都熱心地圍着使勁來勸你……。」

「我父親死去之後，因為奪我屋子，要我在筆據上畫花押，我大哭着的時候，他們也是這樣熱心地圍着使勁來勸我……。」他兩眼向上凝視，彷彿要在空中尋出那時的情景來。

「總而言之：關鍵就全在你沒有孩子。你究竟為甚麼老不結婚的呢？」我忽而尋到了轉舵的話，也是久已想問的話，覺得這時是最好的機會了。

他詫異地看着我，過了一會，眼光便移到他自己的膝髁上去了，於是就吸煙，沒有回答。

三

但是，雖在這一種百無聊賴的境地中，也還不給連殳安住。漸漸地，小報上有匿名人來攻擊他，學界上也常有關於他的流言，可是這已經並非先前似的單是話柄，大概是於他有損的了。我知道這是他近來喜歡

發表文章的結果，倒也並不介意。S 城人最不願意有人發些沒有顧忌的議論，一有，一定要暗暗地來叮他，這是向來如此的，連殳自己也知道。但到春天，忽然聽説他已被校長辭退了。這卻使我覺得有些兀突；其實，這也是向來如此的，不過因為我希望着自己認識的人能夠幸免，所以就以為兀突罷了，S 城人倒並非這一回特別惡。

其時我正忙着自己的生計，一面又在接洽本年秋天到山陽去當教員的事，竟沒有工夫去訪問他。待到有些餘暇的時候，離他被辭退那時大約快有三個月了，可是還沒有發生訪問連殳的意思。有一天，我路過大街，偶然在舊書攤前停留，卻不禁使我覺到震悚，因為在那裡陳列着的一部汲古閣初印本《史記索隱》，正是連殳的書。他喜歡書，但不是藏書家，這種本子，在他是算作貴重的善本，非萬不得已，不肯輕易變賣的。難道他失業剛才兩三月，就一貧至此麼？雖然他向來一有錢即隨手散去，沒有甚麼貯蓄。於是我便決意訪問連殳去，順便在街上買了一瓶燒酒，兩包花生米，兩個燻魚頭。

他的房門關閉着，叫了兩聲，不見答應。我疑心他睡着了，更加大聲地叫，並且伸手拍着房門。

「出去了罷！」大良們的祖母，那三角眼的胖女人，從對面的窗口探出她花白的頭來了，也大聲説，不耐煩似的。

「那裡去了呢？」我問。

「那裡去了？誰知道呢？──他能到那裡去呢，你等着就是，一會兒總會回來的。」

我便推開門走進他的客廳去。真是「一日不見，如隔三秋」，滿眼是淒涼和空空洞洞，不但器具所餘無幾了，連書籍也只剩了在 S 城決沒有人會要的幾本洋裝書。屋中間的圓桌還在，先前曾經常常圍繞着憂鬱慷慨的青年，懷才不遇的奇士和腌臢吵鬧的孩子們的，現在卻見得很閒靜，只

在面上蒙着一層薄薄的灰塵。我就在桌上放了酒瓶和紙包，拖過一把椅子來，靠桌旁對着房間坐下。

的確不過是「一會兒」，房門一開，一個人悄悄地陰影似的進來了，正是連殳。也許是傍晚之故罷，看去彷彿比先前黑，但神情卻還是那樣。

「阿！你在這裡？來得多久了？」他似乎有些喜歡。

「並沒有多久。」我說，「你到那裡去了？」

「並沒有到那裡去，不過隨便走走。」

他也拖過椅子來，在桌旁坐下；我們便開始喝燒酒，一面談些關於他的失業的事。但他卻不願意多談這些；他以為這是意料中的事，也是自己時常遇到的事，無足怪，而且無可談的。他照例只是一意喝燒酒，並且依然發些關於社會和歷史的議論。不知怎地我此時看見空空的書架，也記起汲古閣初印本的《史記索隱》，忽而感到一種淡漠的孤寂和悲哀。

「你的客廳這麼荒涼⋯⋯。近來客人不多了麼？」

「沒有了。他們以為我心境不佳，來也無意味。心境不佳，實在是可以給人們不舒服的。冬天的公園，就沒有人去⋯⋯。」他連喝兩口酒，默默地想着，突然，仰起臉來看着我問道，「你在圖謀的職業也還是毫無把握罷？⋯⋯」

我雖然明知他已經有些酒意，但也不禁憤然，正想發話，只見他側耳一聽，便抓起一把花生米，出去了。門外是大良們笑嚷的聲音。

但他一出去，孩子們的聲音便寂然，而且似乎都走了。他還追上去，說些話，卻不聽得有回答。他也就陰影似的悄悄地回來，仍將一把花生米放在紙包裡。

「連我的東西也不要吃了。」他低聲，嘲笑似的說。

「連殳，」我很覺得悲涼，卻強裝着微笑，說，「我以為你太自尋苦惱了。你看得人間太壞⋯⋯。」

他冷冷的笑了一笑。

「我的話還沒有完哩。你對於我們，偶而來訪問你的我們，也以為因為閒着無事，所以來你這裡，將你當作消遣的資料的罷？」

「並不。但有時也這樣想。或者尋些談資。」

「那你可錯誤了。人們其實並不這樣。你實在親手造了獨頭繭，將自己裹在裡面了。你應該將世間看得光明些。」我歎惜着說。

「也許如此罷。但是，你說：那絲是怎麼來的？——自然，世上也盡有這樣的人，譬如，我的祖母就是。我雖然沒有分得她的血液，卻也許會繼承她的運命。然而這也沒有甚麼要緊，我早已豫先一起哭過了……。」

我即刻記起他祖母大殮時候的情景來，如在眼前一樣。

「我總不解你那時的大哭……。」於是鶻突地問了。

「我的祖母入殮的時候罷？是的，你不解的。」他一面點燈，一面冷靜地說，「你的和我交往，我想，還正因為那時的哭哩。你不知道，這祖母，是我父親的繼母；他的生母，他三歲時候就死去了。」他想着，默默地喝酒，吃完了一個燻魚頭。

「那些往事，我原是不知道的。只是我從小時候就覺得不可解。那時我的父親還在，家景也還好，正月間一定要懸掛祖像，盛大地供養起來。看着這許多盛裝的畫像，在我那時似乎是不可多得的眼福。但那時，抱着我的一個女工總指了一幅像說：『這是你自己的祖母。拜拜罷，保佑你生龍活虎似的大得快。』我真不懂得我明明有着一個祖母，怎麼又會有甚麼『自己的祖母』來。可是我愛這『自己的祖母』，她不比家裡的祖母一般老；她年青，好看，穿着描金的紅衣服，戴着珠冠，和我母親的像差不多。我看她時，她的眼睛也注視我，而且口角上漸漸增多了笑影：我知道她一定也是極其愛我的。

「然而我也愛那家裡的，終日坐在窗下慢慢地做針線的祖母。雖然無

論我怎樣高興地在她面前玩笑，叫她，也不能引她歡笑，常使我覺得冷冷地，和別人的祖母們有些不同。但我還愛她。可是到後來，我逐漸疏遠她了；這也並非因為年紀大了，已經知道她不是我父親的生母的緣故，倒是看久了終日終年的做針線，機器似的，自然免不了要發煩。但她卻還是先前一樣，做針線；管理我，也愛護我，雖然少見笑容，卻也不加呵斥。直到我父親去世，還是這樣；後來呢，我們幾乎全靠她做針線過活了，自然更這樣，直到我進學堂……。」

燈火銷沉下去了，煤油已經將涸，他便站起，從書架下摸出一個小小的洋鐵壺來添煤油。

「只這一月裡，煤油已經漲價兩次了……。」他旋好了燈頭，慢慢地說。「生活要日見其困難起來。——她後來還是這樣，直到我畢業，有了事做，生活比先前安定些；恐怕還直到她生病，實在打熬不住了，只得躺下的時候罷……。

「她的晚年，據我想，是總算不很辛苦的，享壽也不小了，正無須我來下淚。況且哭的人不是多着麼？連先前竭力欺凌她的人們也哭，至少是臉上很慘然。哈哈！……可是我那時不知怎地，將她的一生縮在眼前了，親手造成孤獨，又放在嘴裡去咀嚼的人的一生。而且覺得這樣的人還很多哩。這些人們，就使我要痛哭，但大半也還是因為我那時太過於感情用事……。

「你現在對於我的意見，就是我先前對於她的意見。然而我的那時的意見，其實也不對的。便是我自己，從略知世事起，就的確逐漸和她疏遠起來了……。」

他沉默了，指間夾着煙捲，低了頭，想着。燈火在微微地發抖。

「呵，人要使死後沒有一個人為他哭，是不容易的事呵。」他自言自語似的說；略略一停，便仰起臉來向我道，「想來你也無法可想。我也還

得趕緊尋點事情做⋯⋯。」

「你再沒有可託的朋友了麼？」我這時正是無法可想，連自己。

「那倒大概還有幾個的，可是他們的境遇都和我差不多⋯⋯。」

我辭別連殳出門的時候，圓月已經升在中天了，是極靜的夜。

四

山陽的教育事業的狀況很不佳。我到校兩月，得不到一文薪水，只得連煙捲也節省起來。但是學校裡的人們，雖是月薪十五六元的小職員，也沒有一個不是樂天知命的，仗着逐漸打熬成功的銅筋鐵骨，面黃肌瘦地從早辦公一直到夜，其間看見名位較高的人物，還得恭恭敬敬地站起，實在都是不必「衣食足而知禮節」的人民。我每看見這情狀，不知怎的總記起連殳臨別託付我的話來。他那時生計更其不堪了，窘相時時顯露，看去似乎已沒有往時的深沉，知道我就要動身，深夜來訪，遲疑了許久，才吞吞吐吐地說道——

「不知道那邊可有法子想？——便是抄寫，一月二三十塊錢的也可以的。我⋯⋯。」

我很詫異了，還不料他竟肯這樣的遷就，一時說不出話來。

「我⋯⋯，我還得活幾天⋯⋯。」

「那邊去看一看，一定竭力去設法罷。」

這是我當日一口承當的答話，後來常常自己聽見，眼前也同時浮出連殳的相貌，而且吞吞吐吐地說道「我還得活幾天」。到這些時，我便設法向各處推薦一番；但有甚麼效驗呢，事少人多，結果是別人給我幾句抱歉的話，我就給他幾句抱歉的信。到一學期將完的時候，那情形就更加壞

了起來。那地方的幾個紳士所辦的《學理週報》上，竟開始攻擊我了，自然是決不指名的，但措辭很巧妙，使人一見就覺得我是在挑剔學潮，連推薦連殳的事，也算是呼朋引類。

我只好一動不動，除上課之外，便關起門來躲着，有時連煙捲的煙鑽出窗隙去，也怕犯了挑剔學潮的嫌疑。連殳的事，自然更是無從説起了。這樣地一直到深冬。

下了一天雪，到夜還沒有止，屋外一切靜極，靜到要聽出靜的聲音來。我在小小的燈火光中，閉目枯坐，如見雪花片片飄墜，來增補這一望無際的雪堆；故鄉也準備過年了，人們忙得很；我自己還是一個兒童，在後園的平坦處和一伙小朋友塑雪羅漢。雪羅漢的眼睛是用兩塊小炭嵌出來的，顏色很黑，這一閃動，便變了連殳的眼睛。

「我還得活幾天！」仍是這樣的聲音。

「為甚麼呢？」我無端地這樣問，立刻連自己也覺得可笑了。

這可笑的問題使我清醒，坐直了身子，點起一枝煙捲來；推窗一望，雪果然下得更大了。聽得有人叩門；不一會，一個人走進來，但是聽熟的客寓雜役的腳步。他推開我的房門，交給我一封六寸多長的信，字跡很潦草，然而一瞥便認出「魏緘」兩個字，是連殳寄來的。

這是從我離開 S 城以後他給我的第一封信。我知道他疏懶，本不以杳無消息為奇，但有時也頗怨他不給一點消息。待到接了這信，可又無端地覺得奇怪了，慌忙拆開來。裡面也用了一樣潦草的字體，寫着這樣的話——

　　申飛……。
　　我稱你甚麼呢？我空着。你自己願意稱甚麼，你自己添上去罷。我都可以的。

別後共得三信，沒有覆。這原因很簡單：我連買郵票的錢也沒有。

你或者願意知道些我的消息，現在簡直告訴你罷：我失敗了。先前，我自以為是失敗者，現在知道那並不。現在才真是失敗者了。先前，還有人願意我活幾天，我自己也還想活幾天的時候，活不下去；現在，大可以無須了，然而要活下去……。

然而就活下去麼？

願意我活幾天的，自己就活不下去。這人已被敵人誘殺了。誰殺的呢？誰也不知道。

人生的變化多麼迅速呵！這半年來，我幾乎求乞了，實際，也可以算得已經求乞。然而我還有所為，我願意為此求乞，為此凍餒，為此寂寞，為此辛苦。但滅亡是不願意的。你看，有一個願意我活幾天的，那力量就這麼大。然而現在是沒有了，連這一個也沒有了。同時，我自己也覺得不配活下去；別人呢？也不配的。同時，我自己又覺得偏要為不願意我活下去的人們而活下去；好在願意我好好地活下去的已經沒有了，再沒有誰痛心。使這樣的人痛心，我是不願意的。然而現在是沒有了，連這一個也沒有了。快活極了，舒服極了；我已經躬行我先前所憎惡，所反對的一切，拒斥我先前所崇仰，所主張的一切了。我已經真的失敗，——然而我勝利了。

你以為我發了瘋麼？你以為我成了英雄或偉人了麼？不，不的。這事情很簡單；我近來已經做了杜師長的顧問，每月的薪水就有現洋八十元了。

申飛……。

你將以我為甚麼東西呢，你自己定就是，我都可以的。

你大約還記得我舊時的客廳罷，我們在城中初見和將別時候的客廳。現在我還用着這客廳。這裡有新的賓客，新的饋贈，新的頌揚，新的鑽營，新的磕頭和打拱，新的打牌和猜拳，新的冷眼和噁心，新的失眠和吐血……。

你前信說你教書很不如意。你願意也做顧問麼？可以告訴我，我給你辦。其實是做門房也不妨，一樣地有新的賓客和新的饋贈，新的頌揚……。

我這裡下大雪了。你那裡怎樣？現在已是深夜，吐了兩口血，使我清醒起來。記得你竟從秋天以來陸續給了我三封信，這是怎樣的可以驚異的事呵。我必須寄給你一點消息，你或者不至於倒抽一口冷氣罷。

此後，我大約不再寫信的了，我這習慣是你早已知道的。何時回來呢？倘早，當能相見。——但我想，我們大概究竟不是一路的；那麼，請你忘記我罷。我從我的真心感謝你先前常替我籌劃生計。但是現在忘記我罷；我現在已經「好」了。

連殳。十二月十四日。

這雖然並不使我「倒抽一口冷氣」，但草草一看之後，又細看了一遍，卻總有些不舒服，而同時可又夾雜些快意和高興；又想，他的生計總算已經不成問題，我的擔子也可以放下了，雖然在我這一面始終不過是無法可想。忽而又想寫一封信回答他，但又覺得沒有話說，於是這意思也立即消失了。

我的確漸漸地在忘卻他。在我的記憶中，他的面貌也不再時常出現。但得信之後不到十天，S 城的學理七日報社忽然接續着郵寄他們的《學理七日報》來了。我是不大看這些東西的，不過既經寄到，也就隨手

翻翻。這卻使我記起連殳來，因為裡面常有關於他的詩文，如《雪夜謁連殳先生》、《連殳顧問高齋雅集》等等；有一回，《學理閒譚》裡還津津地敘述他先前所被傳為笑柄的事，稱作「逸聞」，言外大有「且夫非常之人，必能行非常之事」的意思。

不知怎地雖然因此記起，但他的面貌卻總是逐漸模糊；然而又似乎和我日加密切起來，往往無端感到一種連自己也莫名其妙的不安和極輕微的震顫。幸而到了秋季，這《學理七日報》就不寄來了；山陽的《學理週刊》上卻又按期登起一篇長論文：《流言即事實論》。裡面還說，關於某君們的流言，已在公正士紳間盛傳了。這是專指幾個人的，有我在內；我只好極小心，照例連吸煙捲的煙也謹防飛散。小心是一種忙的苦痛，因此會百事俱廢，自然也無暇記得連殳。總之：我其實已經將他忘卻了。

但我也終於敷衍不到暑假，五月底，便離開了山陽。

五

從山陽到歷城，又到太谷，一總轉了大半年，終於尋不出甚麼事情做，我便又決計回 S 城去了。到時是春初的下午，天氣欲雨不雨，一切都罩在灰色中；舊寓裡還有空房，仍然住下。在道上，就想起連殳的了，到後，便決定晚飯後去看他。我提着兩包聞喜名產的煮餅，走了許多潮濕的路，讓道給許多攔路高臥的狗，這才總算到了連殳的門前。裡面彷彿特別明亮似的。我想，一做顧問，連寓裡也格外光亮起來了，不覺在暗中一笑。但仰面一看，門旁卻白白的，分明貼着一張斜角紙。我又想，大良們的祖母死了罷；同時也跨進門，一直向裡面走。

微光所照的院子裡，放着一具棺材，旁邊站一個穿軍衣的兵或是馬

弇，還有一個和他談話的，看時卻是大良的祖母；另外還閒站着幾個短衣的粗人。我的心即刻跳起來了。她也轉過臉來凝視我。

「阿呀！您回來了？何不早幾天。……」她忽而大叫起來。

「誰……誰沒有了？」我其實是已經大概知道的了，但還是問。

「魏大人，前天沒有的。」

我四顧，客廳裡暗沉沉的，大約只有一盞燈；正屋裡卻掛着白的孝幃，幾個孩子聚在屋外，就是大良二良們。

「他停在那裡，」大良的祖母走向前，指着說，「魏大人恭喜之後，我把正屋也租給他了；他現在就停在那裡。」

孝幃上沒有別的，前面是一張條桌，一張方桌；方桌上擺着十來碗飯菜。我剛跨進門，當面忽然現出兩個穿白長衫的來攔住了，瞪了死魚似的眼睛，從中發出驚疑的光來，釘住了我的臉。我慌忙說明我和連殳的關係，大良的祖母也來從旁證實，他們的手和眼光這才逐漸弛緩下去，默許我近前去鞠躬。

我一鞠躬，地下忽然有人嗚嗚的哭起來了，定神看時，一個十多歲的孩子伏在草薦上，也是白衣服，頭髮剪得很光的頭上還絡着一大綹苧麻絲。

我和他們寒暄後，知道一個是連殳的從堂兄弟，要算最親的了；一個是遠房姪子。我請求看一看故人，他們卻竭力攔阻，說是「不敢當」的。然而終於被我說服了，將孝幃揭起。

這回我會見了死的連殳。但是奇怪！他雖然穿一套皺的短衫褲，大襟上還有血跡，臉上也瘦削得不堪，然而面目卻還是先前那樣的面目，寧靜地閉着嘴，合着眼，睡着似的，幾乎要使我伸手到他鼻子前面，去試探他可是其實還在呼吸着。

一切是死一般靜，死的人和活的人。我退開了，他的從堂兄弟卻又

來周旋，説「舍弟」正在年富力強，前程無限的時候，竟遽爾「作古」了，這不但是「衰宗」不幸，也太使朋友傷心。言外頗有替連殳道歉之意；這樣地能説，在山鄉中人是少有的。但此後也就沉默了，一切是死一般靜，死的人和活的人。

我覺得很無聊，怎樣的悲哀倒沒有，便退到院子裡，和大良們的祖母閒談起來。知道入殮的時候是臨近了，只待壽衣送到；釘棺材釘時，「子午卯酉」四生肖是必須躲避的。她談得高興了，説話滔滔地泉流似的湧出，説到他的病狀，説到他生時的情景，也帶些關於他的批評。

「你可知道魏大人自從交運之後，人就和先前兩樣了，臉也抬高起來，氣昂昂的。對人也不再先前那麼迂。你知道，他先前不是像一個啞子，見我是叫老太太的麼？後來就叫『老傢伙』。唉唉，真是有趣。人送他仙居術，他自己是不吃的，就摔在院子裡，——就是這地方，——叫道，『老傢伙，你吃去罷。』他交運之後，人來人往，我把正屋讓給他住了，自己便搬在這廂房裡。他也真是一走紅運，就與眾不同，我們就常常這樣説笑。要是你早來一個月，還趕得上看這裡的熱鬧，三日兩頭的猜拳行令，説的説，笑的笑，唱的唱，做詩的做詩，打牌的打牌……。

「他先前怕孩子們比孩子們見老子還怕，總是低聲下氣的。近來可也兩樣了，能説能鬧，我們的大良們也很喜歡和他玩，一有空，便都到他的屋裡去。他也用種種方法逗着玩；要他買東西他就要孩子裝一聲狗叫，或者磕一個響頭。哈哈，真是過得熱鬧。前兩月二良要他買鞋，還磕了三個響頭哩，哪，現在還穿着，沒有破呢。」

一個穿白長衫的人出來了，她就住了口。我打聽連殳的病症，她卻不大清楚，只説大約是早已瘦了下去的罷，可是誰也沒理會，因為他總是高高興興的。到一個多月前，這才聽到他吐過幾回血，但似乎也沒有看醫生；後來躺倒了；死去的前天，就啞了喉嚨，説不出一句話。十三大人從

寒石山路遠迢迢地上城來，問他可有存款，他一聲也不響。十三大人疑心他裝出來的，也有人說有些生癆病死的人是要說不出話來的，誰知道呢……。

「可是魏大人的脾氣也太古怪，」她忽然低聲說，「他就不肯積蓄一點，水似的化錢。十三大人還疑心我們得了甚麼好處。有甚麼屁好處呢？他就冤裡冤枉糊裡糊塗地化掉了。譬如買東西，今天買進，明天又賣出，弄破，真不知道是怎麼一回事。待到死了下來，甚麼也沒有，都糟掉了。要不然，今天也不至於這樣地冷靜……。

「他就是胡鬧，不想辦一點正經事。我是想到過的，也勸過他。這麼年紀了，應該成家；照現在的樣子，結一門親很容易；如果沒有門當戶對的，先買幾個姨太太也可以：人是總應該像個樣子的。可是他一聽到就笑起來，說道，『老傢伙，你還是總替別人惦記着這等事麼？』你看，他近來就浮而不實，不把人的好話當好話聽。要是早聽了我的話，現在何至於獨自冷清清地在陰間摸索，至少，也可以聽到幾聲親人的哭聲……。」

一個店伙背了衣服來了。三個親人便檢出裡衣，走進幃後去。不多久，孝幃揭起了，裡衣已經換好，接着是加外衣。這很出我意外。一條土黃的軍褲穿上了，嵌着很寬的紅條，其次穿上去的是軍衣，金閃閃的肩章，也不知道是甚麼品級，那裡來的品級。到入棺，是連殳很不妥帖地躺着，腳邊放一雙黃皮鞋，腰邊放一柄紙糊的指揮刀，骨瘦如柴的灰黑的臉旁，是一頂金邊的軍帽。

三個親人扶着棺沿哭了一場，止哭拭淚；頭上絡麻線的孩子退出去了，三良也避去，大約都是屬「子午卯酉」之一的。

粗人打起棺蓋來，我走近去最後看一看永別的連殳。

他在不妥帖的衣冠中，安靜地躺着，合了眼，閉着嘴，口角間彷彿含着冰冷的微笑，冷笑着這可笑的死屍。

敲釘的聲音一響，哭聲也同時迸出來。這哭聲使我不能聽完，只好退到院子裡；順腳一走，不覺出了大門了。潮濕的路極其分明，仰看太空，濃雲已經散去，掛着一輪圓月，散出冷靜的光輝。

　　我快步走着，彷彿要從一種沉重的東西中衝出，但是不能夠。耳朵中有甚麼掙扎着，久之，久之，終於掙扎出來了，隱約像是長嗥，像一匹受傷的狼，當深夜在曠野中嗥叫，慘傷裡夾雜着憤怒和悲哀。

　　我的心地就輕鬆起來，坦然地在潮濕的石路上走，月光底下。

一九二五年十月十七日畢。

（按：本文選自《彷徨》）

傷逝
——涓生的手記

如果我能夠，我要寫下我的悔恨和悲哀，為子君，為自己。

會館裡的被遺忘在偏僻裡的破屋是這樣地寂靜和空虛。時光過得真快，我愛子君，仗着她逃出這寂靜和空虛，已經滿一年了。事情又這麼不湊巧，我重來時，偏偏空着的又只有這一間屋。依然是這樣的破窗，這樣的窗外的半枯的槐樹和老紫藤，這樣的窗前的方桌，這樣的敗壁，這樣的靠壁的板床。深夜中獨自躺在床上，就如我未曾和子君同居以前一般，過去一年中的時光全被消滅，全未有過，我並沒有曾經從這破屋子搬出，在吉兆胡同創立了滿懷希望的小小的家庭。

不但如此。在一年之前，這寂靜和空虛是並不這樣的，常常含着期待；期待子君的到來。在久待的焦躁中，一聽到皮鞋的高底尖觸着磚路的清響，是怎樣地使我驟然生動起來呵！於是就看見帶着笑窩的蒼白的圓臉，蒼白的瘦的臂膊，布的有條紋的衫子，玄色的裙。她又帶了窗外的半枯的槐樹的新葉來，使我看見，還有掛在鐵似的老幹上的一房一房的紫白的藤花。

然而現在呢，只有寂靜和空虛依舊，子君卻決不再來了，而且永遠，永遠地！……

子君不在我這破屋裡時，我甚麼也看不見。在百無聊賴中，隨手抓過一本書來，科學也好，文學也好，橫豎甚麼都一樣；看下去，看下去，忽而自己覺得，已經翻了十多頁了，但是毫不記得書上所說的事。只是耳朵卻分外地靈，彷彿聽到大門外一切往來的履聲，從中便有子君的，而且橐橐地逐漸臨近，──但是，往往又逐漸渺茫，終於消失在別的步聲的雜沓中了。我憎惡那不像子君鞋聲的穿布底鞋的長班的兒子，我憎惡那太像子君鞋聲的常常穿着新皮鞋的鄰院的搽雪花膏的小東西！

莫非她翻了車麼？莫非她被電車撞傷了麼？……

我便要取了帽子去看她，然而她的胞叔就曾經當面罵過我。

驀然，她的鞋聲近來了，一步響於一步，迎出去時，卻已經走過紫藤棚下，臉上帶着微笑的酒窩。她在她叔子的家裡大約並未受氣；我的心寧帖了，默默地相視片時之後，破屋裡便漸漸充滿了我的語聲，談家庭專制，談打破舊習慣，談男女平等，談伊孛生，談泰戈爾，談雪萊……。她總是微笑點頭，兩眼裡瀰漫着稚氣的好奇的光澤。壁上就釘着一張銅板的雪萊半身像，是從雜誌上裁下來的，是他的最美的一張像。當我指給她看時，她卻只草草一看，便低了頭，似乎不好意思了。這些地方，子君就大概還未脫盡舊思想的束縛，──我後來也想，倒不如換一張雪萊淹死在海裡的記念像或是伊孛生的罷；但也終於沒有換，現在是連這一張也不知那裡去了。

「我是我自己的，他們誰也沒有干涉我的權利！」

這是我們交際了半年，又談起她在這裡的胞叔和在家的父親時，她默想了一會之後，分明地，堅決地，沉靜地說出來的話。其時是我已經說盡了我的意見，我的身世，我的缺點，很少隱瞞；她也完全了解的了。

這幾句話很震動了我的靈魂，此後許多天還在耳中發響，而且說不出的狂喜，知道中國女性，並不如厭世家所說那樣的無法可施，在不遠的將來，便要看見輝煌的曙色的。

送她出門，照例是相離十多步遠；照例是那鮎魚鬚的老東西的臉又緊帖在髒的窗玻璃上了，連鼻尖都擠成一個小平面；到外院，照例又是明晃晃的玻璃窗裡的那小東西的臉，加厚的雪花膏。她目不邪視地驕傲地走了，沒有看見；我驕傲地回來。

「我是我自己的，他們誰也沒有干涉我的權利！」這徹底的思想就在她的腦裡，比我還透澈，堅強得多。半瓶雪花膏和鼻尖的小平面，於她能算甚麼東西呢？

我已經記不清那時怎樣地將我的純真熱烈的愛表示給她。豈但現在，那時的事後便已模糊，夜間回想，早只剩了一些斷片了；同居以後一兩月，便連這些斷片也化作無可追蹤的夢影。我只記得那時以前的十幾天，曾經很仔細地研究過表示的態度，排列過措辭的先後，以及倘或遭了拒絕以後的情形。可是臨時似乎都無用，在慌張中，身不由己地竟用了在電影上見過的方法了。後來一想到，就使我很愧恧，但在記憶上卻偏只有這一點永遠留遺，至今還如暗室的孤燈一般，照見我含淚握着她的手，一條腿跪了下去⋯⋯。

不但我自己的，便是子君的言語舉動，我那時就沒有看得分明；僅知道她已經允許我了。但也還彷彿記得她臉色變成青白，後來又漸漸轉作緋紅，──沒有見過，也沒有再見的緋紅；孩子似的眼裡射出悲喜，但是夾着驚疑的光，雖然力避我的視線，張皇地似乎要破窗飛去。然而我知道她已經允許我了，沒有知道她怎樣說或是沒有說。

她卻是甚麼都記得：我的言辭，竟至於讀熟了的一般，能夠滔滔背

誦；我的舉動，就如有一張我所看不見的影片掛在眼下，敘述得如生，很細微，自然連那使我不願再想的淺薄的電影的一閃。夜闌人靜，是相對溫習的時候了，我常是被質問，被考驗，並且被命複述當時的言語，然而常須由她補足，由她糾正，像一個丁等的學生。

這溫習後來也漸漸稀疏起來。但我只要看見她兩眼注視空中，出神似的凝想着，於是神色愈加柔和，笑窩也深下去，便知道她又在自修舊課了，只是我很怕她看到我那可笑的電影的一閃。但我又知道，她一定要看見，而且也非看不可的。

然而她並不覺得可笑。即使我自己以為可笑，甚而至於可鄙的，她也毫不以為可笑。這事我知道得很清楚，因為她愛我，是這樣地熱烈，這樣地純真。

去年的暮春是最為幸福，也是最為忙碌的時光。我的心平靜下去了，但又有別一部分和身體一同忙碌起來。我們這時才在路上同行，也到過幾回公園，最多的是尋住所。我覺得在路上時時遇到探索，譏笑，猥褻和輕蔑的眼光，一不小心，便使我的全身有些瑟縮，只得即刻提起我的驕傲和反抗來支持。她卻是大無畏的，對於這些全不關心，只是鎮靜地緩緩前行，坦然如入無人之境。

尋住所實在不是容易事，大半是被託辭拒絕，小半是我們以為不相宜。起先我們選擇得很苛酷，——也非苛酷，因為看去大抵不像是我們的安身之所；後來，便只要他們能相容了。看了二十多處，這才得到可以暫且敷衍的處所，是吉兆胡同一所小屋裡的兩間南屋；主人是一個小官，然而倒是明白人，自住着正屋和廂房。他只有夫人和一個不到週歲的女孩子，僱一個鄉下的女工，只要孩子不啼哭，是極其安閒幽靜的。

我們的家具很簡單，但已經用去了我的籌來的款子的大半；子君還

賣掉了她惟一的金戒指和耳環。我攔阻她，還是定要賣，我也就不再堅持下去了；我知道不給她加入一點股份去，她是住不舒服的。

和她的叔子，她早經鬧開，至於使他氣憤到不再認她做姪女；我也陸續和幾個自以為忠告，其實是替我膽怯，或者竟是嫉妒的朋友絕了交。然而這倒很清靜。每日辦公散後雖然已近黃昏，車夫又一定走得這樣慢，但究竟還有二人相對的時候。我們先是沉默的相視，接着是放懷而親密的交談，後來又是沉默。大家低頭沉思着，卻並未想着甚麼事。我也漸漸清醒地讀遍了她的身體，她的靈魂，不過三星期，我似乎於她已經更加了解，揭去許多先前以為了解而現在看來卻是隔膜，即所謂真的隔膜了。

子君也逐日活潑起來。但她並不愛花，我在廟會時買來的兩盆小草花，四天不澆，枯死在壁角了，我又沒有照顧一切的閒暇。然而她愛動物，也許是從官太太那裡傳染的罷，不一月，我們的眷屬便驟然加得很多，四隻小油雞，在小院子裡和房主人的十多隻在一同走。但她們卻認識雞的相貌，各知道那一隻是自家的。還有一隻花白的叭兒狗，從廟會買來，記得似乎原有名字，子君卻給牠另起了一個，叫作阿隨。我就叫牠阿隨，但我不喜歡這名字。

這是真的，愛情必須時時更新，生長，創造。我和子君說起這，她也領會地點點頭。

唉唉，那是怎樣的寧靜而幸福的夜呵！

安寧和幸福是要凝固的，永久是這樣的安寧和幸福。我們在會館裡時，還偶有議論的衝突和意思的誤會，自從到吉兆胡同以來，連這一點也沒有了；我們只在燈下對坐的懷舊譚中，回味那時衝突以後的和解的重生一般的樂趣。

子君竟胖了起來，臉色也紅活了；可惜的是忙。管了家務便連談天

的工夫也沒有，何況讀書和散步。我們常說，我們總還得僱一個女工。

這就使我也一樣地不快活，傍晚回來，常見她包藏着不快活的顏色，尤其使我不樂的是她要裝作勉強的笑容。幸而探聽出來了，也還是和那小官太太的暗鬥，導火線便是兩家的小油雞。但又何必硬不告訴我呢？人總該有一個獨立的家庭。這樣的處所，是不能居住的。

我的路也鑄定了，每星期中的六天，是由家到局，又由局到家。在局裡便坐在辦公桌前抄，抄，抄些公文和信件；在家裡是和她相對或幫她生白爐子，煮飯，蒸饅頭。我的學會了煮飯，就在這時候。

但我的食品卻比在會館裡時好得多了。做菜雖不是子君的特長，然而她於此卻傾注着全力；對於她的日夜的操心，使我也不能不一同操心，來算作分甘共苦。況且她又這樣地終日汗流滿面，短髮都粘在腦額上；兩隻手又只是這樣地粗糙起來。

況且還要飼阿隨，飼油雞，……都是非她不可的工作。

我曾經忠告她：我不吃，倒也罷了；卻萬不可這樣地操勞。她只看了我一眼，不開口，神色卻似乎有點淒然；我也只好不開口。然而她還是這樣地操勞。

我所豫期的打擊果然到來。雙十節的前一晚，我呆坐着，她在洗碗。聽到打門聲，我去開門時，是局裡的信差，交給我一張油印的紙條。我就有些料到了，到燈下去一看，果然，印着的就是——

奉
局長諭史涓生着毋庸到局辦事

秘書處啟　十月九號

這在會館裡時，我就早已料到了；那雪花膏便是局長的兒子的賭友，一定要去添些謠言，設法報告的。到現在才發生效驗，已經要算是很晚的了。其實這在我不能算是一個打擊，因為我早就決定，可以給別人去抄寫，或者教讀，或者雖然費力，也還可以譯點書，況且《自由之友》的總編輯便是見過幾次的熟人，兩月前還通過信。但我的心卻跳躍着。那麼一個無畏的子君也變了色，尤其使我痛心；她近來似乎也較為怯弱了。

「那算甚麼。哼，我們幹新的。我們……。」她說。

她的話沒有說完；不知怎地，那聲音在我聽去卻只是浮浮的；燈光也覺得格外黯淡。人們真是可笑的動物，一點極微末的小事情，便會受着很深的影響。我們先是默默地相視，逐漸商量起來，終於決定將現有的錢竭力節省，一面登「小廣告」去尋求抄寫和教讀，一面寫信給《自由之友》的總編輯，說明我目下的遭遇，請他收用我的譯本，給我幫一點艱辛時候的忙。

「說做，就做罷！來開一條新的路！」

我立刻轉身向了書案，推開盛香油的瓶子和醋碟，子君便送過那黯淡的燈來。我先擬廣告；其次是選定可譯的書，遷移以來未曾翻閱過，每本的頭上都滿漫着灰塵；最後才寫信。

我很費躊躇，不知道怎樣措辭好，當停筆凝思的時候，轉眼去一瞥她的臉，在昏暗的燈光下，又很見得淒然。我真不料這樣微細的小事情，竟會給堅決的，無畏的子君以這麼顯著的變化。她近來實在變得很怯弱了，但也並不是今夜才開始的。我的心因此更繚亂，忽然有安寧的生活的影像——會館裡的破屋的寂靜，在眼前一閃，剛剛想定睛凝視，卻又看見了昏暗的燈光。

許久之後，信也寫成了，是一封頗長的信；很覺得疲勞，彷彿近來自己也較為怯弱了。於是我們決定，廣告和發信，就在明日一同實行。大

家不約而同地伸直了腰肢，在無言中，似乎又都感到彼此的堅忍崛強的精神，還看見從新萌芽起來的將來的希望。

外來的打擊其實倒是振作了我們的新精神。局裡的生活，原如鳥販子手裡的禽鳥一般，僅有一點小米維繫殘生，決不會肥胖；日子一久，只落得麻痺了翅子，即使放出籠外，早已不能奮飛。現在總算脫出這牢籠了，我從此要在新的開闊的天空中翱翔，趁我還未忘卻了我的翅子的扇動。

小廣告是一時自然不會發生效力的；但譯書也不是容易事，先前看過，以為已經懂得的，一動手，卻疑難百出了，進行得很慢。然而我決計努力地做，一本半新的字典，不到半月，邊上便有了一大片烏黑的指痕，這就證明着我的工作的切實。《自由之友》的總編輯曾經說過，他的刊物是決不會埋沒好稿子的。

可惜的是我沒有一間靜室，子君又沒有先前那麼幽靜，善於體貼了，屋子裡總是散亂着碗碟，瀰漫着煤煙，使人不能安心做事，但是這自然還只能怨我自己無力置一間書齋。然而又加以阿隨，加以油雞們。加以油雞們又大起來了，更容易成為兩家爭吵的引線。

加以每日的「川流不息」的吃飯；子君的功業，彷彿就完全建立在這吃飯中。吃了籌錢，籌來吃飯，還要餵阿隨，飼油雞；她似乎將先前所知道的全都忘掉了，也不想到我的構思就常常為了這催促吃飯而打斷。即使在坐中給看一點怒色，她總是不改變，仍然毫無感觸似的大嚼起來。

使她明白了我的作工不能受規定的吃飯的束縛，就費去五星期。她明白之後，大約很不高興罷，可是沒有說。我的工作果然從此較為迅速地進行，不久就共譯了五萬言，只要潤色一回，便可以和做好的兩篇小品，

一同寄給《自由之友》去。只是吃飯卻依然給我苦惱。菜冷，是無妨的，然而竟不夠；有時連飯也不夠，雖然我因為終日坐在家裡用腦，飯量已經比先前要減少得多。這是先去餵了阿隨了，有時還併那近來連自己也輕易不吃的羊肉。她說，阿隨實在瘦得太可憐，房東太太還因此嗤笑我們了，她受不住這樣的奚落。

於是吃我殘飯的便只有油雞們。這是我積久才看出來的，但同時也如赫胥黎的論定「人類在宇宙間的位置」一般，自覺了我在這裡的位置：不過是叭兒狗和油雞之間。

後來，經多次的抗爭和催逼，油雞們也逐漸成為餚饌，我們和阿隨都享用了十多日的鮮肥；可是其實都很瘦，因為牠們早已每日只能得到幾粒高粱了。從此便清靜得多。只有子君很頹唐，似乎常覺得淒苦和無聊，至於不大願意開口。我想，人是多麼容易改變呵！

但是阿隨也將留不住了。我們已經不能再希望從甚麼地方會有來信，子君也早沒有一點食物可以引牠打拱或直立起來。冬季又逼近得這麼快，火爐就要成為很大的問題；牠的食量，在我們其實早是一個極易覺得的很重的負擔。於是連牠也留不住了。

倘使插了草標到廟市去出賣，也許能得幾文錢罷，然而我們都不能，也不願這樣做。終於是用包袱蒙着頭，由我帶到內郊去放掉了，還要追上來，便推在一個並不很深的土坑裡。

我一回寓，覺得又清淨得多多了；但子君的淒慘的神色，卻使我很吃驚。那是沒有見過的神色，自然是為阿隨。但又何至於此呢？我還沒有說起推在土坑裡的事。

到夜間，在她的淒慘的神色中，加上冰冷的分子了。

「奇怪。——子君，你怎麼今天這樣兒了？」我忍不住問。

「甚麼？」她連看也不看我。

「你的臉色⋯⋯。」

「沒有甚麼，──甚麼也沒有。」

我終於從她言動上看出，她大概已經認定我是一個忍心的人。其實，我一個人，是容易生活的，雖然因為驕傲，向來不與世交來往，遷居以後，也疏遠了所有舊識的人，然而只要能遠走高飛，生路還寬廣得很。現在忍受着這生活壓迫的苦痛，大半倒是為她，便是放掉阿隨，也何嘗不如此。但子君的識見卻似乎只是淺薄起來，竟至於連這一點也想不到了。

我揀了一個機會，將這些道理暗示她；她領會似的點頭。然而看她後來的情形，她是沒有懂，或者是並不相信的。

天氣的冷和神情的冷，逼迫我不能在家庭中安身。但是往那裡去呢？大道上，公園裡，雖然沒有冰冷的神情，冷風究竟也刺得人皮膚欲裂。我終於在通俗圖書館裡覓得了我的天堂。

那裡無須買票；閱書室裡又裝着兩個鐵火爐。縱使不過是燒着不死不活的煤的火爐，但單是看見裝着它，精神上也就總覺得有些溫暖。書卻無可看：舊的陳腐，新的是幾乎沒有的。

好在我到那裡去也並非為看書。另外時常還有幾個人，多則十餘人，都是單薄衣裳，正如我，各人看各人的書，作為取暖的口實。這於我尤為合式。道路上容易遇見熟人，得到輕蔑的一瞥，但此地卻決無那樣的橫禍，因為他們是永遠圍在別的鐵爐旁，或者靠在自家的白爐邊的。

那裡雖然沒有書給我看，卻還有安閒容得我想。待到孤身枯坐，回憶從前，這才覺得大半年來，只為了愛，──盲目的愛，──而將別的人生的要義全盤疏忽了。第一，便是生活。人必生活着，愛才有所附麗。世界上並非沒有為了奮鬥者而開的活路；我也還未忘卻翅子的扇動，雖然比

先前已經頹唐得多……

　　屋子和讀者漸漸消失了，我看見怒濤中的漁夫，戰壕中的兵士，摩托車中的貴人，洋場上的投機家，深山密林中的豪傑，講台上的教授，昏夜的運動者和深夜的偷兒……。子君，——不在近旁。她的勇氣都失掉了，只為着阿隨悲憤，為着做飯出神；然而奇怪的是倒也並不怎樣瘦損……。

　　冷了起來，火爐裡的不死不活的幾片硬煤，也終於燒盡了，已是閉館的時候。又須回到吉兆胡同，領略冰冷的顏色去了。近來也間或遇到溫暖的神情，但這卻反而增加我的苦痛。記得有一夜，子君的眼裡忽而又發出久已不見的稚氣的光來，笑着和我談到還在會館時候的情形，時時又很帶些恐怖的神色。我知道我近來的超過她的冷漠，已經引起她的憂疑來，只得也勉力談笑，想給她一點慰藉。然而我的笑貌一上臉，我的話一出口，卻即刻變為空虛，這空虛又即刻發生反響，回向我的耳目裡，給我一個難堪的惡毒的冷嘲。

　　子君似乎也覺得的，從此便失掉了她往常的麻木似的鎮靜，雖然竭力掩飾，總還是時時露出憂疑的神色來，但對我卻溫和得多了。

　　我要明告她，但我還沒有敢，當決心要說的時候，看見她孩子一般的眼色，就使我只得暫且改作勉強的歡容。但是這又即刻來冷嘲我，並使我失卻那冷漠的鎮靜。

　　她從此又開始了往事的溫習和新的考驗，逼我做出許多虛偽的溫存的答案來，將溫存示給她，虛偽的草稿便寫在自己的心上。我的心漸被這些草稿填滿了，常覺得難於呼吸。我在苦惱中常常想，說真實自然須有極大的勇氣的；假如沒有這勇氣，而苟安於虛偽，那也便是不能開闢新的生路的人。不獨不是這個，連這人也未嘗有！

　　子君有怨色，在早晨，極冷的早晨，這是從未見過的，但也許是從

我看來的怨色。我那時冷冷地氣憤和暗笑了；她所磨練的思想和豁達無畏的言論，到底也還是一個空虛，而對於這空虛卻並未自覺。她早已甚麼書也不看，已不知道人的生活的第一着是求生，向着這求生的道路，是必須攜手同行，或奮身孤往的了，倘使只知道捶着一個人的衣角，那便是雖戰士也難於戰鬥，只得一同滅亡。

我覺得新的希望就只在我們的分離；她應該決然捨去，——我也突然想到她的死，然而立刻自責，懺悔了。幸而是早晨，時間正多，我可以説我的真實。我們的新的道路的開闢，便在這一遭。

我和她閒談，故意地引起我們的往事，提到文藝，於是涉及外國的文人，文人的作品：《諾拉》，《海的女人》。稱揚諾拉的果決……也還是去年在會館的破屋裡講過的那些話，但現在已經變成空虛，從我的嘴傳入自己的耳中，時時疑心有一個隱形的壞孩子，在背後惡意地刻毒地學舌。

她還是點頭答應着傾聽，後來沉默了。我也就斷續地説完了我的話，連餘音都消失在虛空中了。

「是的。」她又沉默了一會，説，「但是，……涓生，我覺得你近來很兩樣了。可是的？你，——你老實告訴我。」

我覺得這似乎給了我當頭一擊，但也立即定了神，説出我的意見和主張來：新的路的開闢，新的生活的再造，為的是免得一同滅亡。

臨末，我用了十分的決心，加上這幾句話——

「……況且你已經可以無須顧慮，勇往直前了。你要我老實説；是的，人是不該虛偽的。我老實説罷：因為，因為我已經不愛你了！但這於你倒好得多，因為你更可以毫無掛念地做事……。」

我同時豫期着大的變故的到來，然而只有沉默。她臉色陡然變成灰黃，死了似的；瞬間便又蘇生，眼裡也發了稚氣的閃閃的光澤。這眼光射向四處，正如孩子在飢渴中尋求着慈愛的母親，但只在空中尋求，恐怖地

迴避着我的眼。

我不能看下去了，幸而是早晨，我冒着寒風徑奔通俗圖書館。

在那裡看見《自由之友》，我的小品文都登出了。這使我一驚，彷彿得了一點生氣。我想，生活的路還很多，——但是，現在這樣也還是不行的。

我開始去訪問久已不相聞問的熟人，但這也不過一兩次；他們的屋子自然是暖和的，我在骨髓中卻覺得寒冽。夜間，便蜷伏在比冰還冷的冷屋中。

冰的針刺着我的靈魂，使我永遠苦於麻木的疼痛。生活的路還很多，我也還沒有忘卻翅子的扇動，我想。——我突然想到她的死，然而立刻自責，懺悔了。

在通俗圖書館裡往往瞥見一閃的光明，新的生路橫在前面。她勇猛地覺悟了，毅然走出這冰冷的家，而且，——毫無怨恨的神色。我便輕如行雲，漂浮空際，上有蔚藍的天，下是深山大海，廣廈高樓，戰場，摩托車，洋場，公館，晴明的鬧市，黑暗的夜……。

而且，真的，我豫感得這新生面便要來到了。

我們總算度過了極難忍受的冬天，這北京的冬天；就如蜻蜓落在惡作劇的壞孩子的手裡一般，被繫着細線，盡情玩弄，虐待，雖然幸而沒有送掉性命，結果也還是躺在地上，只爭着一個遲早之間。

寫給《自由之友》的總編輯已經有三封信，這才得到回信，信封裡只有兩張書券：兩角的和三角的。我卻單是催，就用了九分的郵票，一天的飢餓，又都白捱給於己一無所得的空虛了。

然而覺得要來的事，卻終於來到了。

這是冬春之交的事，風已沒有這麼冷，我也更久地在外面徘徊；待到回家，大概已經昏黑。就在這樣一個昏黑的晚上，我照常沒精打采地回來，一看見寓所的門，也照常更加喪氣，使腳步放得更緩。但終於走進自己的屋子裡了，沒有燈火；摸火柴點起來時，是異樣的寂寞和空虛！

　　正在錯愕中，官太太便到窗外來叫我出去。

　　「今天子君的父親來到這裡，將她接回去了。」她很簡單地說。

　　這似乎又不是意料中的事，我便如腦後受了一擊，無言地站着。

　　「她去了麼？」過了些時，我只問出這樣一句話。

　　「她去了。」

　　「她，——她可說甚麼？」

　　「沒說甚麼。單是託我見你回來時告訴你，說她去了。」

　　我不信；但是屋子裡是異樣的寂寞和空虛。我遍看各處，尋覓子君；只見幾件破舊而黯淡的家具，都顯得極其清疏，才證明着它們毫無隱匿一人一物的能力。我轉念尋信或她留下的字跡，也沒有；只是鹽和乾辣椒，麵粉，半株白菜，卻聚集在一處了，旁邊還有幾十枚銅元。這是我們兩人生活材料的全副，現在她就鄭重地將這留給我一個人，在不言中，教我藉此去維持較久的生活。

　　我似乎被周圍所排擠，奔到院子中間，有昏黑在我的周圍；正屋的紙窗上映出明亮的燈光，他們正在逗着孩子玩笑。我的心也沉靜下來，覺得在沉重的迫壓中，漸漸隱約地現出脫走的路徑：深山大澤，洋場，電燈下的盛筵，壕溝，最黑最黑的深夜，利刃的一擊，毫無聲響的腳步……。

　　心地有些輕鬆，舒展了，想到旅費，並且噓一口氣。

　　躺着，在合着的眼前經過的豫想的前途，不到半夜已經現盡；暗中忽然彷彿看見一堆食物，這之後，便浮出一個子君的灰黃的臉來，睜了孩

子氣的眼睛，懇託似的看着我。我一定神，甚麼也沒有了。

但我的心卻又覺得沉重。我為甚麼偏不忍耐幾天，要這樣急急地告訴她真話的呢？現在她知道，她以後所有的只是她父親——兒女的債主——的烈日一般的嚴威和旁人的賽過冰霜的冷眼。此外便是虛空。負着虛空的重擔，在嚴威和冷眼中走着所謂人生的路，這是怎麼可怕的事呵！而況這路的盡頭，又不過是——連墓碑也沒有的墳墓。

我不應該將真實說給子君，我們相愛過，我應該永久奉獻她我的說謊。如果真實可以寶貴，這在子君就不該是一個沉重的空虛。謊語當然也是一個空虛，然而臨末，至多也不過這樣地沉重。

我以為將真實說給子君，她便可以毫無顧慮，堅決地毅然前行，一如我們將要同居時那樣。但這恐怕是我錯誤了。她當時的勇敢和無畏是因為愛。

我沒有負着虛偽的重擔的勇氣，卻將真實的重擔卸給她了。她愛我之後，就要負了這重擔，在嚴威和冷眼中走着所謂人生的路。

我想到她的死……。我看見我是一個卑怯者，應該被擯於強有力的人們，無論是真實者，虛偽者。然而她卻自始至終，還希望我維持較久的生活……。

我要離開吉兆胡同，在這裡是異樣的空虛和寂寞。我想，只要離開這裡，子君便如還在我的身邊；至少，也如還在城中，有一天，將要出乎意表地訪我，像住在會館時候似的。

然而一切請託和書信，都是一無反響；我不得已，只好訪問一個久不問候的世交去了。他是我伯父的幼年的同窗，以正經出名的拔貢，寓京很久，交遊也廣闊的。

大概因為衣服的破舊罷，一登門便很遭門房的白眼。好容易才相

見，也還相識，但是很冷落。我們的往事，他全都知道了。

「自然，你也不能在這裡了，」他聽了我託他在別處覓事之後，冷冷地說，「但那裡去呢？很難。——你那，甚麼呢，你的朋友罷，子君，你可知道，她死了。」

我驚得沒有話。

「真的？」我終於不自覺地問。

「哈哈。自然真的。我家的王升的家，就和她家同村。」

「但是，——不知道是怎麼死的？」

「誰知道呢。總之是死了就是了。」

我已經忘卻了怎樣辭別他，回到自己的寓所。我知道他是不說謊話的；子君總不會再來了的，像去年那樣。她雖是想在嚴威和冷眼中負着虛空的重擔來走所謂人生的路，也已經不能。她的命運，已經決定她在我所給與的真實——無愛的人間死滅了。

自然，我不能在這裡了；但是，「那裡去呢？」

四圍是廣大的空虛，還有死的寂靜。死於無愛的人們的眼前的黑暗，我彷彿一一看見，還聽得一切苦悶和絕望的掙扎的聲音。

我還期待着新的東西到來。無名的，意外的。但一天一天，無非是死的寂靜。

我比先前已經不大出門，只坐臥在廣大的空虛裡，一任這死的寂靜侵蝕着我的靈魂。死的寂靜有時也自己戰慄，自己退藏，於是在這絕續之交，便閃出無名的，意外的，新的期待。

一天是陰沉的上午，太陽還不能從雲裡面掙扎出來，連空氣都疲乏着。耳中聽到細碎的步聲和咻咻的鼻息，使我睜開眼。大致一看，屋子裡還是空虛；但偶然看到地面，卻盤旋着一匹小小的動物，瘦弱的，半死

的，滿身灰土的……。

我一細看，我的心就一停，接着便直跳起來。

那是阿隨。牠回來了。

我的離開吉兆胡同，也不單是為了房主人們和他家女工的冷眼，大半就為着這阿隨。但是，「那裡去呢？」新的生路自然還很多，我約略知道，也間或依稀看見，覺得就在我面前，然而我還沒有知道跨進那裡去的第一步的方法。

經過許多回的思量和比較，也還只有會館是還能相容的地方。依然是這樣的破屋，這樣的板床，這樣的半枯的槐樹和紫藤，但那時使我希望，歡欣，愛，生活的，卻全都逝去了。只有一個虛空，我用真實去換來的虛空存在。

新的生路還很多，我必須跨進去，因為我還活着。但我還不知道怎樣跨出那第一步。有時，彷彿看見那生路就像一條灰白的長蛇，自己蜿蜒地向我奔來，我等着，等着，看看臨近，但忽然便消失在黑暗裡了。

初春的夜，還是那麼長。長久的枯坐中記起上午在街頭所見的葬式，前面是紙人紙馬，後面是唱歌一般的哭聲。我現在已經知道他們的聰明了，這是多麼輕鬆簡截的事。

然而子君的葬式卻又在我的眼前，是獨自負着虛空的重擔，在灰白的長路上前行，而又即刻消失在周圍的嚴威和冷眼裡了。

我願意真有所謂鬼魂，真有所謂地獄，那麼，即使在孽風怒吼之中，我也將尋覓子君，當面說出我的悔恨和悲哀，祈求她的饒恕；否則，地獄的毒焰將圍繞我，猛烈地燒盡我的悔恨和悲哀。

我將在孽風和毒焰中擁抱子君，乞她寬容，或者使她快意……。

但是，這卻更虛空於新的生路；現在所有的只是初春的夜，竟還是那麼長。我活着，我總得向着新的生路跨出去，那第一步，——卻不過是寫下我的悔恨和悲哀，為子君，為自己。

　　我仍然只有唱歌一般的哭聲，給子君送葬，葬在遺忘中。我要遺忘；我為自己，並且要不再想到這用了遺忘給子君送葬。

　　我要向着新的生路跨進第一步去，我要將真實深深地藏在心的創傷中，默默地前行，用遺忘和說謊做我的前導……。

一九二五年十月二十一日畢。

（按：本文選自《彷徨》）

鑄劍

一

　　眉間尺剛和他的母親睡下，老鼠便出來咬鍋蓋，使他聽得發煩。他輕輕地叱了幾聲，最初還有些效驗，後來是簡直不理牠了，格支格支地徑自咬。他又不敢大聲趕，怕驚醒了白天做得勞乏，晚上一躺就睡着了的母親。

　　許多時光之後，平靜了；他也想睡去。忽然，撲通一聲，驚得他又睜開眼。同時聽到沙沙地響，是爪子抓着瓦器的聲音。

　　「好！該死！」他想着，心裡非常高興，一面就輕輕地坐起來。

　　他跨下床，借着月光走向門背後，摸到鑽火傢伙，點上松明，向水甕裡一照。果然，一匹很大的老鼠落在那裡面了；但是，存水已經不多，爬不出來，只沿着水甕內壁，抓着，團團地轉圈子。

　　「活該！」他一想到夜夜咬家具，鬧得他不能安穩睡覺的便是牠們，很覺得暢快。他將松明插在土牆的小孔裡，賞玩着；然而那圓睜的小眼睛，又使他發生了憎恨，伸手抽出一根蘆柴，將牠直按到水底去。過了一會，才放手，那老鼠也隨着浮了上來，還是抓着甕壁轉圈子。只是抓勁已經沒有先前似的有力，眼睛也淹在水裡面，單露出一點尖尖的通紅的小鼻

子，咻咻地急促地喘氣。

他近來很有點不大喜歡紅鼻子的人。但這回見了這尖尖的小紅鼻子，卻忽然覺得牠可憐了，就又用那蘆柴，伸到牠的肚下去。老鼠抓着，歇了一回力，便沿着蘆幹爬了上來。待到他看見全身，——濕淋淋的黑毛，大的肚子，蚯蚓似的尾巴，——便又覺得可恨可憎得很，慌忙將蘆柴一抖，撲通一聲，老鼠又落在水甕裡，他接着就用蘆柴在牠頭上搗了幾下，叫牠趕快沉下去。

換了六回松明之後，那老鼠已經不能動彈，不過沉浮在水中間，有時還向水面微微一跳。眉間尺又覺得很可憐，隨即折斷蘆柴，好容易將牠夾了出來，放在地面上。老鼠先是絲毫不動，後來才有一點呼吸；又許多時，四隻腳運動了，一翻身，似乎要站起來逃走。這使眉間尺大吃一驚，不覺提起左腳，一腳踏下去。只聽得吱的一聲，他蹲下去仔細看時，只見口角上微有鮮血，大概是死掉了。

他又覺得很可憐，彷彿自己作了大惡似的，非常難受。他蹲着，呆看着，站不起來。

「尺兒，你在做甚麼？」他的母親已經醒來了，在床上問。

「老鼠……。」他慌忙站起，回轉身去，卻只答了兩個字。

「是的，老鼠。這我知道。可是你在做甚麼？殺牠呢，還是在救牠？」

他沒有回答。松明燒盡了；他默默地立在暗中，漸看見月光的皎潔。

「唉！」他的母親歎息說，「一交子時，你就是十六歲了，性情還是那樣，不冷不熱地，一點也不變。看來，你的父親的仇是沒有人報的了。」

他看見他的母親坐在灰白色的月影中，彷彿身體都在顫動；低微的聲音裡，含着無限的悲哀，使他冷得毛骨悚然，而一轉眼間，又覺得熱血在全身中忽然騰沸。

「父親的仇？父親有甚麼仇呢？」他前進幾步，驚急地問。

「有的。還要你去報。我早想告訴你的了；只因為你太小，沒有說。現在你已經成人了，卻還是那樣的性情。這教我怎麼辦呢？你似的性情，能行大事的麼？」

「能。說罷，母親。我要改過……。」

「自然。我也只得說。你必須改過……。那麼，走過來罷。」

他走過去；他的母親端坐在床上，在暗白的月影裡，兩眼發出閃閃的光芒。

「聽哪！」她嚴肅地說，「你的父親原是一個鑄劍的名工，天下第一。他的工具，我早已都賣掉了來救了窮了，你已經看不見一點遺跡；但他是一個世上無二的鑄劍的名工。二十年前，王妃生下了一塊鐵，聽說是抱了一回鐵柱之後受孕的，是一塊純青透明的鐵。大王知道是異寶，便決計用來鑄一把劍，想用它保國，用它殺敵，用它防身。不幸你的父親那時偏偏入了選，便將鐵捧回家裡來，日日夜夜地鍛煉，費了整三年的精神，煉成兩把劍。

「當最末次開爐的那一日，是怎樣地駭人的景象呵！嘩拉拉地騰上一道白氣的時候，地面也覺得動搖。那白氣到天半便變成白雲，罩住了這處所，漸漸現出緋紅顏色，映得一切都如桃花。我家的漆黑的爐子裡，是躺着通紅的兩把劍。你父親用井華水慢慢地滴下去，那劍嘶嘶地吼着，慢慢轉成青色了。這樣地七日七夜，就看不見了劍，仔細看時，卻還在爐底裡，純青的，透明的，正像兩條冰。

「大歡喜的光采，便從你父親的眼睛裡四射出來；他取起劍，拂拭着，拂拭着。然而悲慘的皺紋，卻也從他的眉頭和嘴角出現了。他將那兩把劍分裝在兩個匣子裡。

「『你只要看這幾天的景象，就明白無論是誰，都知道劍已煉就的了。』他悄悄地對我說。『一到明天，我必須去獻給大王。但獻劍的一

天，也就是我命盡的日子。怕我們從此要長別了。』

「『你……。』我很駭異，猜不透他的意思，不知怎麼說的好我只是這樣地說：『你這回有了這麼大的功勞……。』

「『唉！你怎麼知道呢！』他說。『大王是向來善於猜疑，又極殘忍的。這回我給他煉成了世間無二的劍，他一定要殺掉我，免得我再去給別人煉劍，來和他匹敵，或者超過他。』

「我掉淚了。

「『你不要悲哀。這是無法逃避的。眼淚決不能洗掉運命。我可是早已有準備在這裡了！』他的眼裡忽然發出電火似的光芒，將一個劍匣放在我膝上。『這是雄劍。』他說。『你收着。明天，我只將這雌劍獻給大王去。倘若我一去竟不回來了呢，那是我一定不再在人間了。你不是懷孕已經五六個月了麼？不要悲哀；待生了孩子，好好地撫養。一到成人之後，你便交給他這雄劍，教他砍在大王的頸子上，給我報仇！』」

「那天父親回來了沒有呢？」眉間尺趕緊問。

「沒有回來！」她冷靜地說。「我四處打聽，也杳無消息。後來聽得人說，第一個用血來飼你父親自己煉成的劍的人，就是他自己——你的父親。還怕他鬼魂作怪，將他的身首分埋在前門和後苑了！」

眉間尺忽然全身都如燒着猛火，自己覺得每一枝毛髮上都彷彿閃出火星來。他的雙拳，在暗中捏得格格地作響。

他的母親站起了，揭去床頭的木板，下床點了松明，到門背後取過一把鋤，交給眉間尺道：「掘下去！」

眉間尺心跳着，但很沉靜的一鋤一鋤輕輕地掘下去。掘出來的都是黃土，約到五尺多深，土色有些不同了，似乎是爛掉的材木。

「看罷！要小心！」他的母親說。

眉間尺伏在掘開的洞穴旁邊，伸手下去，謹慎小心地撮開爛樹，待

到指尖一冷，有如觸着冷雪的時候，那純青透明的劍也出現了。他看清了劍靶，捏着，提了出來。

窗外的星月和屋裡的松明似乎都驟然失了光輝，惟有青光充塞宇內。那劍便溶在這青光中，看去好像一無所有。眉間尺凝神細視，這才彷彿看見長五尺餘，卻並不見得怎樣鋒利，劍口反而有些渾圓，正如一片韭葉。

「你從此要改變你的優柔的性情，用這劍報仇去！」他的母親説。

「我已經改變了我的優柔的性情，要用這劍報仇去！」

「但願如此。你穿了青衣，背上這劍，衣劍一色，誰也看不分明的。衣服我已經做在這裡，明天就上你的路去罷。不要記念我！」她向床後的破衣箱一指，説。

眉間尺取出新衣，試去一穿，長短正很合式。他便重行疊好，裹了劍，放在枕邊，沉靜地躺下。他覺得自己已經改變了優柔的性情；他決心要並無心事一般，倒頭便睡，清晨醒來，毫不改變常態，從容地去尋他不共戴天的仇讎。

但他醒着。他翻來覆去，總想坐起來。他聽到他母親的失望的輕輕的長歎。他聽到最初的雞鳴；他知道已交子時，自己是上了十六歲了。

二

當眉間尺腫着眼眶，頭也不回的跨出門外，穿着青衣，背着青劍，邁開大步，徑奔城中的時候，東方還沒有露出陽光。杉樹林的每一片葉尖，都掛着露珠，其中隱藏着夜氣。但是，待到走到樹林的那一頭，露珠裡卻閃出各樣的光輝，漸漸幻成曉色了。遠望前面，便依稀看見灰黑色的城牆和雉堞。

和挑葱賣菜的一同混入城裡，街市上已經很熱鬧。男人們一排一排的呆站着；女人們也時時從門裡探出頭來。她們大半也腫着眼眶；蓬着頭；黃黃的臉，連脂粉也不及塗抹。

眉間尺豫覺到將有巨變降臨，他們便都是焦躁而忍耐地等候着這巨變的。

他徑自向前走；一個孩子突然跑過來，幾乎碰着他背上的劍尖，使他嚇出了一身汗。轉出北方，離王宮不遠，人們就擠得密密層層，都伸着脖子。人叢中還有女人和孩子哭嚷的聲音，他怕那看不見的雄劍傷了人。不敢擠進去；然而人們卻又在背後擁上來。他只得宛轉地退避；面前只看見人們的背脊和伸長的脖子。

忽然，前面的人們都陸續跪倒了；遠遠地有兩匹馬並着跑過來。此後是拿着木棍、戈、刀、弓弩、旌旗的武人，走得滿路黃塵滾滾。又來了一輛四匹馬拉的大車，上面坐着一隊人，有的打鐘擊鼓，有的嘴上吹着不知道叫甚麼名目的勞什子。此後又是車，裡面的人都穿畫衣，不是老頭子，便是矮胖子，個個滿臉油汗。接着又是一隊拿刀槍劍戟的騎士。跪着的人們便都伏下去了。這時眉間尺正看見一輛黃蓋的大車馳來，正中坐着一個畫衣的胖子，花白鬍子，小腦袋；腰間還依稀看見佩着和他背上一樣的青劍。

他不覺全身一冷，但立刻又灼熱起來，像是猛火焚燒着。他一面伸手向肩頭揑住劍柄，一面提起腳，便從伏着的人們的脖子的空處跨出去。

但他只走得五六步，就跌了一個倒栽葱，因為有人突然揑住了他的一隻腳。這一跌又正壓在一個乾癟臉的少年身上；他正怕劍尖傷了他，吃驚地起來看的時候，肋下就搗了很重的兩拳。他也不暇計較，再望路上，不但黃蓋車已經走過，連擁護的騎士也過去了一大陣了。

路旁的一切人們也都爬起來。乾癟臉的少年卻還扭住了眉間尺的衣

領，不肯放手，説被他壓壞了貴重的丹田，必須保險，倘若不到八十歲便死掉了，就得抵命。閒人們又即刻圍上來，呆看着，但誰也不開口；後來有人從旁笑罵了幾句，卻全是附和乾癟臉少年的。眉間尺遇到了這樣的敵人，真是怒不得，笑不得，只覺得無聊，卻又脫身不得。這樣地經過了煮熟一鍋小米的時光，眉間尺早已焦躁得渾身發火，看的人卻仍不見減，還是津津有味似的。

前面的人圈子動搖了，擠進一個黑色的人來，黑鬚黑眼睛，瘦得如鐵。他並不言語，只向眉間尺冷冷地一笑，一面舉手輕輕地一撥乾癟臉少年的下巴，並且看定了他的臉。那少年也向他看了一會，不覺慢慢地鬆了手，溜走了；那人也就溜走了；看的人們也都無聊地走散。只有幾個人還來問眉間尺的年紀，住址，家裡可有姊姊。眉間尺都不理他們。

他向南走着；心裡想，城市中這麼熱鬧，容易誤傷，還不如在南門外等候他回來，給父親報仇罷，那地方是地曠人稀，實在很便於施展。這時滿城都議論着國王的遊山，儀仗，威嚴，自己得見國王的榮耀，以及俯伏得有怎麼低，應該採作國民的模範等等，很像蜜蜂的排衙。直至將近南門，這才漸漸地冷靜。

他走出城外，坐在一株大桑樹下，取出兩個饅頭來充了飢；吃着的時候忽然記起母親來，不覺眼鼻一酸，然而此後倒也沒有甚麼。周圍是一步一步地靜下去了，他至於很分明地聽到自己的呼吸。

天色愈暗，他也愈不安，盡目力望着前方，毫不見有國王回來的影子。上城賣菜的村人，一個個挑着空擔出城回家去了。

人跡絕了許久之後，忽然從城裡閃出那一個黑色的人來。

「走罷，眉間尺！國王在捉你了！」他説，聲音好像鴟鴞。

眉間尺渾身一顫，中了魔似的，立即跟着他走；後來是飛奔。他站定了喘息許多時，才明白已經到了杉樹林邊。後面遠處有銀白的條紋，是

月亮已從那邊出現；前面卻僅有兩點磷火一般的那黑色人的眼光。

「你怎麼認識我？……」他極其惶駭地問。

「哈哈！我一向認識你。」那人的聲音説。「我知道你背着雄劍，要給你的父親報仇，我也知道你報不成。豈但報不成；今天已經有人告密，你的仇人早從東門還宮，下令捕拿你了。」

眉間尺不覺傷心起來。

「唉唉，母親的歎息是無怪的。」他低聲説。

「但她只知道一半。她不知道我要給你報仇。」

「你麼？你肯給我報仇麼，義士？」

「阿，你不要用這稱呼來冤枉我。」

「那麼，你同情於我們孤兒寡婦？……」

「唉，孩子，你再不要提這些受了污辱的名稱。」他嚴冷地説，「仗義，同情，那些東西，先前曾經乾淨過，現在卻都成了放鬼債的資本。我的心裡全沒有你所謂的那些。我只不過要給你報仇！」

「好。但你怎麼給我報仇呢？」

「只要你給我兩件東西。」兩粒磷火下的聲音説。「那兩件麼？你聽着：一是你的劍，二是你的頭！」

眉間尺雖然覺得奇怪，有些狐疑，卻並不吃驚。他一時開不得口。

「你不要疑心我將騙取你的性命和寶貝。」暗中的聲音又嚴冷地説。「這事全由你。你信我，我便去；你不信，我便住。」

「但你為甚麼給我去報仇的呢？你認識我的父親麼？」

「我一向認識你的父親，也如一向認識你一樣。但我要報仇，卻並不為此。聰明的孩子，告訴你罷。你還不知道麼，我怎麼地善於報仇。你的就是我的；他也就是我。我的魂靈上是有這麼多的，人我所加的傷，我已經憎惡了我自己！」

暗中的聲音剛剛停止，眉間尺便舉手向肩頭抽取青色的劍，順手從後項窩向前一削，頭顱墜在地面的青苔上，一面將劍交給黑色人。

　　「呵呵！」他一手接劍，一手捏着頭髮。提起眉間尺的頭來，對着那熱的死掉的嘴唇，接吻兩次，並且冷冷地尖利地笑。

　　笑聲即刻散佈在杉樹林中，深處隨着有一群磷火似的眼光閃動，倏忽臨近，聽到咻咻的餓狼的喘息。第一口撕盡了眉間尺的青衣，第二口便身體全都不見了，血痕也頃刻舔盡，只微微聽得咀嚼骨頭的聲音。

　　最先頭的一匹大狼就向黑色人撲過來。他用青劍一揮，狼頭便墜在地面的青苔上。別的狼們第一口撕盡了牠的皮，第二口便身體全都不見了，血痕也頃刻舔盡，只微微聽得咀嚼骨頭的聲音。

　　他已經掣起地上的青衣，包了眉間尺的頭，和青劍都背在背脊上，回轉身，在暗中向王城揚長地走去。

　　狼們站定了，聳着肩，伸出舌頭，咻咻地喘着，放着綠的眼光看他揚長地走。

　　他在暗中向王城揚長地走去，發出尖利的聲音唱着歌——

> 哈哈愛兮愛乎愛乎！
> 愛青劍兮一個仇人自屠。
> 夥頤連翩兮多少一夫。
> 一夫愛青劍兮嗚呼不孤。
> 頭換頭兮兩個仇人自屠。
> 一夫則無兮愛乎嗚呼！
> 愛乎嗚呼兮嗚呼阿呼，
> 阿呼嗚呼兮嗚呼嗚呼！

三

　　遊山並不能使國王覺得有趣；加上了路上將有刺客的密報，更使他掃興而還。那夜他很生氣，說是連第九個妃子的頭髮，也沒有昨天那樣的黑得好看了。幸而她撒嬌坐在他的御膝上，特別扭了七十多回，這才使龍眉之間的皺紋漸漸地舒展。

　　午後，國王一起身，就又有些不高興，待到用過午膳，簡直現出怒容來。

　　「唉唉！無聊！」他打一個大呵欠之後，高聲說。

　　上自王后，下至弄臣，看見這情形，都不覺手足無措。白鬚老臣的講道，矮胖侏儒的打諢，王是早已聽厭的了；近來便是走索、緣竿、拋丸、倒立、吞刀、吐火等等奇妙的把戲，也都看得毫無意味。他常常要發怒；一發怒，便按着青劍，總想尋點小錯處，殺掉幾個人。

　　偷空在宮外閒遊的兩個小宦官，剛剛回來，一看見宮裡面大家的愁苦的情形，便知道又是照例的禍事臨頭了，一個嚇得面如土色；一個卻像是大有把握一般，不慌不忙，跑到國王的面前，俯伏着，說道：

　　「奴才剛才訪得一個異人，很有異術，可以給大王解悶，因此特來奏聞。」

　　「甚麼？！」王說。他的話是一向很短的。

　　「那是一個黑瘦的，乞丐似的男子。穿一身青衣，背着一個圓圓的青包裹；嘴裡唱着胡謅的歌。人問他。他說是玩把戲，空前絕後，舉世無雙，人們從來就沒有看見過；一見之後，便即解煩釋悶，天下太平。但大家要他玩，他卻又不肯。說是第一須有一條金龍，第二須有一個金鼎。……」

　　「金龍？我是的。金鼎？我有。」

「奴才也正是這樣想。……」

「傳進來！」

話聲未絕，四個武士便跟着那小宦官疾趨而出。上自王后，下至弄臣，個個喜形於色。他們都願意這把戲玩得解愁釋悶，天下太平；即使玩不成，這回也有了那乞丐似的黑瘦男子來受禍，他們只要能捱到傳了進來的時候就好了。

並不要許多工夫，就望見六個人向金階趨進。先頭是宦官，後面是四個武士，中間夾着一個黑色人。待到近來時，那人的衣服卻是青的，鬚眉頭髮都黑；瘦得顴骨、眼圈骨、眉棱骨都高高地突出來。他恭敬地跪着俯伏下去時，果然看見背上有一個圓圓的小包袱，青色布，上面還畫上一些暗紅色的花紋。

「奏來！」王暴躁地説。他見他傢伙簡單，以為他未必會玩甚麼好把戲。

「臣名叫宴之敖者；生長汶汶鄉。少無職業；晚遇明師，教臣把戲，是一個孩子的頭。這把戲一個人玩不起來，必須在金龍之前，擺一個金鼎，注滿清水，用獸炭煎熬。於是放下孩子的頭去，一到水沸，這頭便隨波上下，跳舞百端，且發妙音，歡喜歌唱。這歌舞為一人所見，便解愁釋悶，為萬民所見，便天下太平。」

「玩來！」王大聲命令説。

不要許多工夫，一個煮牛的大金鼎便擺在殿外，注滿水，下面堆了獸炭，點起火來。那黑色人站在旁邊，見炭火一紅，便解下包袱，打開，兩手捧出孩子的頭來，高高舉起。那頭是秀眉長眼，皓齒紅唇；臉帶笑容；頭髮蓬鬆，正如青煙一陣。黑色人捧着向四面轉了一圈，便伸手擎到鼎上，動着嘴唇説了幾句不知甚麼話，隨即將手一鬆，只聽得撲通一聲，墜入水中去了。水花同時濺起，足有五尺多高，此後是一切平靜。

許多工夫，還無動靜。國王首先暴躁起來，接着是王后和妃子、大臣、宦官們也都有些焦急，矮胖的侏儒們則已經開始冷笑了。王一見他們的冷笑，便覺自己受愚，回顧武士，想命令他們就將那欺君的莠民擲入牛鼎裡去煮殺。

　　但同時就聽得水沸聲；炭火也正旺，映着那黑色人變成紅黑，如鐵的燒到微紅。王剛又回過臉來，他也已經伸起兩手向天，眼光向着無物，舞蹈着，忽地發出尖利的聲音唱起歌來：

> 哈哈愛兮愛乎愛乎！
> 愛兮血兮兮誰乎獨無。
> 民萌冥行兮一夫壺盧。
> 彼用百頭顱，千頭顱兮用萬頭顱！
> 我用一頭顱兮而無萬夫。
> 愛一頭顱兮血乎嗚呼！
> 血乎嗚呼兮嗚呼阿呼，
> 阿呼嗚呼兮嗚呼嗚呼！

　　隨着歌聲，水就從鼎口湧起，上尖下廣，像一座小山，但自水尖至鼎底，不住地迴旋運動。那頭即隨水上上下下，轉着圈子，一面又淌溜溜自己翻筋斗，人們還可以隱約看見他玩得高興的笑容。過了些時，突然變了逆水的游泳，打旋子夾着穿梭，激得水花向四面飛濺，滿庭灑下一陣熱雨來。一個侏儒忽然叫了一聲，用手摸着自己的鼻子。他不幸被熱水燙了一下，又不耐痛，終於免不得出聲叫苦了。

　　黑色人的歌聲才停，那頭也就在水中央停住，面向王殿，顏色轉成端莊。這樣的有十餘瞬息之久，才慢慢地上下抖動；從抖動加速而為起伏

的游泳，但不很快，態度很雍容。繞着水邊一高一低地游了三匝，忽然睜大眼睛，漆黑的眼珠顯得格外精彩，同時也開口唱起歌來：

> 王澤流兮浩洋洋；
> 克服怨敵，怨敵克服兮，赫兮強！
> 宇宙有窮止兮萬壽無疆。
> 幸我來也兮青其光！
> 青其光兮永不相忘。
> 異處異處兮堂哉皇！
> 堂哉皇哉兮嗳嗳唷，
> 嗟來歸來，嗟來陪來兮青其光！

頭忽然升到水的尖端停住；翻了幾個筋斗之後，上下升降起來，眼珠向着左右瞥視，十分秀媚，嘴裡仍然唱着歌：

> 阿呼嗚呼兮嗚呼嗚呼，
> 愛呼嗚呼兮嗚呼阿呼！
> 血一頭顱兮愛乎嗚呼。
> 我用一頭顱兮而無萬夫！
> 彼用百頭顱，千頭顱……

唱到這裡，是沉下去的時候，但不再浮上來了；歌詞也不能辨別。湧起的水，也隨着歌聲的微弱，漸漸低落，像退潮一般，終至到鼎口以下，在遠處甚麼也看不見。

「怎了？」等了一會，王不耐煩地問。

「大王，」那黑色人半跪着説。「他正在鼎底裡作最神奇的團圓舞，不臨近是看不見的。臣也沒有法術使他上來，因為作團圓舞必須在鼎底裡。」

王站起身，跨下金階，冒着炎熱立在鼎邊，探頭去看。只見水平如鏡，那頭仰面躺在水中間，兩眼正看着他的臉。待到王的眼光射到他臉上時，他便嫣然一笑。這一笑使王覺得似曾相識，卻又一時記不起是誰來。剛在驚疑，黑色人已經掣出了背着的青色的劍，只一揮，閃電般從後項窩直劈下去，撲通一聲，王的頭就落在鼎裡了。

仇人相見，本來格外眼明，況且是相逢狹路。王頭剛到水面，眉間尺的頭便迎上來，狠命在他耳輪上咬了一口。鼎水即刻沸湧，澎湃有聲；兩頭即在水中死戰。約有二十回合，王頭受了五個傷，眉間尺的頭上卻有七處。王又狡猾，總是設法繞到他的敵人的後面去。眉間尺偶一疏忽，終於被他咬住了後項窩，無法轉身。這一回王的頭可是咬定不放了，他只是連連蠶食進去；連鼎外面也彷彿聽到孩子的失聲叫痛的聲音。

上自王后，下至弄臣，駭得凝結着的神色也應聲活動起來，似乎感到暗無天日的悲哀，皮膚上都一粒一粒地起粟；然而又夾着秘密的歡喜，睜了眼，像是等候着甚麼似的。

黑色人也彷彿有些驚慌，但是面不改色。他從從容容地伸開那捏着看不見的青劍的臂膊，如一段枯枝；伸長頸子，如在細看鼎底。臂膊忽然一彎，青劍便驀地從他後面劈下，劍到頭落，墜入鼎中，溯的一聲，雪白的水花向着空中同時四射。

他的頭一入水，即刻直奔王頭，一口咬住了王的鼻子，幾乎要咬下來。王忍不住叫一聲「阿唷」，將嘴一張，眉間尺的頭就乘機掙脫了，一轉臉倒將王的下巴下死勁咬住。他們不但都不放，還用全力上下一撕，撕得王頭再也合不上嘴。於是他們就如餓雞啄米一般，一頓亂咬，咬得王頭

眼歪鼻塌，滿臉鱗傷。先前還會在鼎裡面四處亂滾，後來只能躺着呻吟，到底是一聲不響，只有出氣，沒有進氣了。

黑色人和眉間尺的頭也慢慢地住了嘴，離開王頭，沿鼎壁游了一匝，看他可是裝死還是真死。待到知道了王頭確已斷氣，便四目相視，微微一笑，隨即合上眼睛，仰面向天，沉到水底裡去了。

四

煙消火滅；水波不興。特別的寂靜倒使殿上殿下的人們警醒。他們中的一個首先叫了一聲，大家也立刻迭連驚叫起來；一個邁開腿向金鼎走去，大家便爭先恐後地擁上去了。有擠在後面的，只能從人脖子的空隙間向裡面窺探。

熱氣還炙得人臉上發燒。鼎裡的水卻一平如鏡，上面浮着一層油，照出許多人臉孔：王后、王妃、武士、老臣、侏儒、太監。……

「阿呀，天哪！咱們大王的頭還在裡面哪，嗖嗖嗖！」第六個妃子忽然發狂似的哭嚷起來。

上自王后，下至弄臣，也都恍然大悟，倉皇散開，急得手足無措，各自轉了四五個圈子，一個最有謀略的老臣獨又上前，伸手向鼎邊一摸，然而渾身一抖，立刻縮了回來，伸出兩個指頭，放在口邊吹個不住。

大家定了定神，便在殿門外商議打撈辦法。約略費去了煮熟三鍋小米的工夫，總算得到一種結果，是：到大廚房去調集了鐵絲勺子，命武士協力撈起來。

器具不久就調集了，鐵絲勺、漏勺、金盤、擦桌布，都放在鼎旁邊。武士們便揎起衣袖，有用鐵絲勺的，有用漏勺的，一齊恭行打撈。有

勺子相觸的聲音，有勺子刮着金鼎的聲音；水是隨着勺子的擾動而旋繞着。好一會，一個武士的臉色忽而很端莊了，極小心地兩手慢慢舉起了勺子，水滴從勺孔中珠子一般漏下，勺裡面便顯出雪白的頭骨來。大家驚叫了一聲；他便將頭骨倒在金盤裡。

「阿呀！我的大王呀！」王后、妃子、老臣、以至太監之類，都放聲哭起來。但不久就陸續停止了，因為武士又撈起了一個同樣的頭骨。

他們淚眼模糊地四顧，只見武士們滿臉油汗，還在打撈。此後撈出來的是一團糟的白頭髮和黑頭髮；還有幾勺很短的東西，似乎是白鬍鬚和黑鬍鬚。此後又是一個頭骨。此後是三枝簪。

直到鼎裡面只剩下清湯，才始住手；將撈出的物件分盛了三金盤：一盤頭骨，一盤鬚髮，一盤簪。

「咱們大王只有一個頭。那一個是咱們大王的呢？」第九個妃子焦急地問。

「是呵……。」老臣們都面面相覷。

「如果皮肉沒有煮爛，那就容易辨別了。」一個侏儒跪着說。

大家只得平心靜氣，去細看那頭骨，但是黑白大小，都差不多，連那孩子的頭，也無從分辨。王后說王的右額上有一個疤，是做太子時候跌傷的，怕骨上也有痕跡。果然，侏儒在一個頭骨上發見了；大家正在歡喜的時候，另外的一個侏儒卻又在較黃的頭骨的右額上看出相仿的瘢痕來。

「我有法子。」第三個王妃得意地說，「咱們大王的龍準是很高的。」

太監們即刻動手研究鼻準骨，有一個確也似乎比較地高，但究竟相差無幾；最可惜的是右額上卻並無跌傷的瘢痕。

「況且，」老臣們向太監說，「大王的後枕骨是這麼尖的麼？」

「奴才們向來就沒有留心看過大王的後枕骨……。」

王后和妃子們也各自回想起來，有的說是尖的，有的說是平的。叫

梳頭太監來問的時候，卻一句話也不說。

當夜便開了一個王公大臣會議，想決定那一個是王的頭，但結果還同白天一樣。並且連鬚髮也發生了問題。白的自然是王的，然而因為花白，所以黑的也很難處置。討論了小半夜，只將幾根紅色的鬍子選出；接着因為第九個王妃抗議，說她確曾看見王有幾根通黃的鬍子，現在怎麼能知道決沒有一根紅的呢。於是也只好重行歸併，作為疑案了。

到後半夜，還是毫無結果。大家卻居然一面打呵欠，一面繼續討論，直到第二次雞鳴，這才決定了一個最慎重妥善的辦法，是：只能將三個頭骨都和王的身體放在金棺裡落葬。

七天之後是落葬的日期，合城很熱鬧。城裡的人民，遠處的人民，都奔來瞻仰國王的「大出喪」。天一亮，道上已經擠滿了男男女女；中間還夾着許多祭桌。待到上午，清道的騎士才緩轡而來。又過了不少工夫，才看見儀仗，甚麼旌旗、木棍、戈戟、弓弩、黃鉞之類；此後是四輛鼓吹車。再後面是黃蓋隨着路的不平而起伏着，並且漸漸近來了，於是現出靈車，上載金棺，棺裡面藏着三個頭和一個身體。

百姓都跪下去，祭桌便一列一列地在人叢中出現。幾個義民很忠憤，嚥着淚，怕那兩個大逆不道的逆賊的魂靈，此時也和王一同享受祭禮，然而也無法可施。

此後是王后和許多王妃的車。百姓看她們，她們也看百姓，但哭着。此後是大臣、太監、侏儒等輩，都裝着哀戚的顏色。只是百姓已經不看他們，連行列也擠得亂七八糟，不像樣子了。

一九二六年十月作。

（按：本文選自《故事新編》）

散文詩

魯迅說：「我以這一叢野草，在明與暗，生與死，過去與未來之際，獻於友與仇，人與獸，愛者與不愛者之前作證。」

【說明】

　　散文詩自《野草》中，選錄五篇。主題與風格有殊，但都具詩情和哲思：用筆瑰麗的如《雪》，語言樸素的如《風箏》，意象奇詭的如《死火》，景觀弘廓的如《淡淡的血痕中》，形象概括力特強的如《這樣的戰士》。而各篇所刻劃的，都可作象徵去讀。

　　《雪》乃美好景致的繪寫，對比描繪江南的雪的滋潤美艷，與朔方的雪的冷峻孤獨之美。《風箏》就少時的一件小事寫內心的自責，也帶出春溫和嚴冬的對比。《死火》用象徵的寫法。死的火焰在冰谷中，或將凍滅，或躍出冰谷重新燃燒而燒完。它選擇了後者。魯迅摯友許壽裳後來寫道：「《死火》乃其冷藏情熱的象徵。」（《我所認識的魯迅》中《魯迅的精神》一章）《這樣的戰士》，作者自己後來說：「是有感於文人學士們幫助軍閥而作。」（《二心集·〈野草〉英文譯本序》），寫出對手的狡獪虛偽與戰士的堅毅頑強。戰士在「無物之陣」中老去，但仍一次繼一次「舉起了投槍」。意旨所至，當超過一時一役，可視為魯迅大半生悲壯的戰鬥之概括。《淡淡的血痕中》因「三·一八」事件而作（參本書「散文」部分《記念劉和珍君》一文說明），以沉鬱悲慨的語調，譴責「造物者」（喻統治者）和「人類中的怯弱者」，呼喚叛逆的猛士出於人間。

雪

　　暖國的雨，向來沒有變過冰冷的堅硬的燦爛的雪花。博識的人們覺得他單調，他自己也以為不幸否耶？江南的雪，可是滋潤美艷之至了；那是還在隱約着的青春的消息，是極壯健的處子的皮膚。雪野中有血紅的寶珠山茶，白中隱青的單瓣梅花，深黃的磬口的蠟梅花；雪下面還有冷綠的雜草。胡蝶確乎沒有；蜜蜂是否來採山茶花和梅花的蜜；我可記不真切了。但我的眼前彷彿看見冬花開在雪野中，有許多蜜蜂們忙碌地飛着，也聽得他們嗡嗡地鬧着。

　　孩子們呵着凍得通紅，像紫芽薑一般的小手，七八個一齊來塑雪羅漢。因為不成功，誰的父親也來幫忙了。羅漢就塑得比孩子們高得多，雖然不過是上小下大的一堆，終於分不清是壺盧還是羅漢，然而很潔白，很明艷，以自身的滋潤相粘結，整個地閃閃地生光。孩子們用龍眼核給他做眼珠，又從誰的母親的脂粉奩中偷得胭脂來塗在嘴唇上。這回確是一個大阿羅漢了。他也就目光灼灼地嘴唇通紅地坐在雪地裡。

　　第二天還有幾個孩子來訪問他；對了他拍手，點頭，嘻笑。但他終於獨自坐着了。晴天又來消釋他的皮膚，寒夜又使他結一層冰，化作不透明的水晶模樣，連續的晴天又使他成為不知道算甚麼，而嘴上的胭脂也褪

盡了。

　　但是，朔方的雪花在紛飛之後，卻永遠如粉，如沙，他們決不粘連，撒在屋上，地上，枯草上，就是這樣。屋上的雪是早已就有消化了的，因為屋裡居人的火的溫熱。別的，在晴天之下，旋風忽來，便蓬勃地奮飛，在日光中燦燦地生光，如包藏火焰的大霧，旋轉而且升騰，瀰漫太空，使太空旋轉而且升騰地閃爍。

　　在無邊的曠野上，在凜冽的天宇下，閃閃地旋轉升騰着的是雨的精魂……

　　是的，那是孤獨的雪，是死掉的雨，是雨的精魂。

一九二五年一月十八日。

（按：本文選自《野草》）

風箏

　　北京的冬季，地上還有積雪，灰黑色的禿樹枝丫叉於晴朗的天空中，而遠處有一二風箏浮動，在我是一種驚異和悲哀。

　　故鄉的風箏時節，是春二月，倘聽到沙沙的風輪聲，仰頭便能看見一個淡墨色的蟹風箏或嫩藍色的蜈蚣風箏。還有寂寞的瓦片風箏，沒有風輪，又放得很低，伶仃地顯出憔悴可憐模樣。但此時地上的楊柳已經發芽，早的山桃也多吐蕾，和孩子們的天上的點綴相照應，打成一片春日的溫和。我現在在那裡呢？四面都還是嚴冬的肅殺，而久經訣別的故鄉的久經逝去的春天，卻就在這天空中蕩漾了。

　　但我是向來不愛放風箏的，不但不愛，並且嫌惡它，因為我以為這是沒出息孩子所做的玩藝。和我相反的是我的小兄弟，他那時大概十歲內外罷，多病，瘦得不堪，然而最喜歡風箏，自己買不起，我又不許放，他只得張着小嘴，呆看着空中出神，有時至於小半日。遠處的蟹風箏突然落下來了，他驚呼；兩個瓦片風箏的纏繞解開了，他高興得跳躍。他的這些，在我看來都是笑柄，可鄙的。

　　有一天，我忽然想起，似乎多日不很看見他了，但記得曾見他在後園拾枯竹。我恍然大悟似的，便跑向少有人去的一間堆積雜物的小屋去，

推開門，果然就在塵封的雜物堆中發見了他。他向着大方凳，坐在小凳上；便很驚惶地站了起來，失了色瑟縮着。大方凳旁靠着一個胡蝶風箏的竹骨，還沒有糊上紙，凳上是一對做眼睛用的小風輪，正用紅紙條裝飾着，將要完工了。我在破獲秘密的滿足中，又很憤怒他的瞞了我的眼睛，這樣苦心孤詣地來偷做沒出息孩子的玩藝。我即刻伸手折斷了胡蝶的一支翅骨，又將風輪擲在地下，踏扁了。論長幼，論力氣，他是都敵不過我的，我當然得到完全的勝利，於是傲然走出，留他絕望地站在小屋裡。後來他怎樣，我不知道，也沒有留心。

然而我的懲罰終於輪到了，在我們離別得很久之後，我已經是中年。我不幸偶而看了一本外國的講論兒童的書，才知道遊戲是兒童最正當的行為，玩具是兒童的天使。於是二十年來毫不憶及的幼小時候對於精神的虐殺的這一幕，忽地在眼前展開，而我的心也彷彿同時變了鉛塊，很重很重的墮下去了。

但心又不竟墮下去而至於斷絕，他只是很重很重地墮着，墮着。

我也知道補過的方法的：送他風箏，贊成他放，勸他放，我和他一同放。我們嚷着、跑着、笑着。——然而他其時已經和我一樣，早已有了鬍子了。

我也知道還有一個補過的方法的：去討他的寬恕，等他說，「我可是毫不怪你呵。」那麼，我的心一定就輕鬆了，這確是一個可行的方法。有一回，我們會面的時候，是臉上都已添刻了許多「生」的辛苦的條紋，而我的心很沉重。我們漸漸談起兒時的舊事來，我便敘述到這一節，自說少年時代的糊塗。「我可是毫不怪你呵。」我想，他要說了，我即刻便受了寬恕，我的心從此也寬鬆了罷。

「有過這樣的事麼？」他驚異地笑着說，就像旁聽着別人的故事一樣。他甚麼也不記得了。

全然忘卻，毫無怨恨，又有甚麼寬恕之可言呢？無怨的恕，說謊罷了。

我還能希求甚麼呢？我的心只得沉重着。

現在，故鄉的春天又在這異地的空中了，既給我久經逝去的兒時的回憶，而一併也帶着無可把握的悲哀。我倒不如躲到肅殺的嚴冬中去罷，——但是，四面又明明是嚴冬，正給我非常的寒威和冷氣。

一九二五年一月二十四日。

（按：本文選自《野草》）

死火

我夢見自己在冰山間奔馳。

這是高大的冰山，上接冰天，天上凍雲瀰漫，片片如魚鱗模樣。山麓有冰樹林，枝葉都如松杉。一切冰冷，一切青白。

但我忽然墜在冰谷中。

上下四旁無不冰冷，青白。而一切青白冰上，卻有紅影無數，糾結如珊瑚網。我俯看腳下，有火焰在。

這是死火。有炎炎的形，但毫不搖動，全體冰結，像珊瑚枝，尖端還有凝固的黑煙，疑這才從火宅中出，所以枯焦。這樣，映在冰的四壁，而且互相反映，化為無量數影，使這冰谷，成紅珊瑚色。

哈哈！

當我幼小的時候，本就愛看快艦激起的浪花，洪爐噴出的烈焰。不但愛看，還想看清。可惜它們都息息變幻，永無定形。雖然凝視又凝視，總不留下怎樣一定的跡象。

死的火焰，現在先得到了你了！

我拾起死火，正要細看，那冷氣已使我的指頭焦灼；但是，我還熬着，將他塞入衣袋中間。冰谷四面，登時完全青白。我一面思索着走出冰

谷的法子。

　　我的身上噴出一縷黑煙，上升如鐵線蛇。冰谷四面，又登時滿有紅焰流動，如大火聚，將我包圍。我低頭一看，死火已經燃燒，燒穿了我的衣裳，流在冰地上了。

　　「唉，朋友！你用了你的溫熱，將我驚醒了。」他說。

　　我連忙和他招呼，問他名姓。

　　「我原先被人遺棄在冰谷中，」他答非所問地說，「遺棄我的早已滅亡，消盡了。我也被冰凍凍得要死。倘使你不給我溫熱，使我重行燒起，我不久就須滅亡。」

　　「你的醒來，使我歡喜。我正在想着走出冰谷的方法；今願意攜帶你去，使你永不冰結，永得燃燒。」

　　「唉唉！那麼，我將燒完！」

　　「你的燒完，使我惋惜。我便將你留下，仍在這裡罷。」

　　「唉唉！那麼，我將凍滅了！」

　　「那麼，怎麼辦呢？」

　　「但你自己，又怎麼辦呢？」他反而問。

　　「我說過了：我要出這冰谷……。」

　　「那我就不如燒完！」

　　他忽而躍起，如紅彗星，並我都出冰谷口外。有大石車突然馳來，我終於碾死在車輪底下，但我還來得及看見那車就墜入冰谷中。

　　「哈哈！你們是再也遇不着死火了！」我得意地笑着說，彷彿就願意這樣似的。

一九二五年四月二十三日。

（按：本文選自《野草》）

這樣的戰士

要有這樣的一種戰士！

已不是蒙昧如非洲土人而背着雪亮的毛瑟槍的；也並不疲憊如中國綠營兵而卻佩着盒子炮。他毫無乞靈於牛皮和廢鐵的甲冑；他只有自己，但拿着蠻人所用的，脫手一擲的投槍。

他走進無物之陣，所遇見的都對他一式點頭。他知道這點頭就是敵人的武器，是殺人不見血的武器，許多戰士都在此滅亡，正如炮彈一般，使猛士無所用其力。

那些頭上有各種旗幟，繡出各樣好名稱：慈善家、學者、文士、長者、青年、雅人、君子……。頭下有各樣外套，繡出各式好花樣：學問、道德、國粹、民意、邏輯、公義、東方文明……。

但他舉起了投槍。

他們都同聲立了誓來講說，他們的心都在胸膛的中央，和別的偏心的人類兩樣。他們都在胸前放着護心鏡，就為自己也深信心在胸膛中央的事作證。

但他舉起了投槍。

他微笑，偏側一擲，卻正中了他們的心窩。

一切都頹然倒地；——然而只有一件外套，其中無物。無物之物已經脫走，得了勝利，因為他這時成了戕害慈善家等類的罪人。

但他舉起了投槍。

他在無物之陣中大踏步走，再見一式的點頭，各種的旗幟，各樣的外套……。

但他舉起了投槍。

他在無物之陣中大踏步走，再見一式的點頭，各種的旗幟，各樣的外套……。

但他舉起了投槍。

他終於在無物之陣中老衰，壽終。他終於不是戰士，但無物之物則是勝者。

在這樣的境地裡，誰也不聞戰叫：太平。

太平……。

但他舉起了投槍！

一九二五年十二月十四日。

（按：本文選自《野草》）

淡淡的血痕中
——記念幾個死者和生者和未生者

目前的造物主，還是一個怯弱者。

他暗暗地使天變地異，卻不敢毀滅一個這地球；暗暗地使生物衰亡，卻不敢長存一切屍體；暗暗地使人類流血，卻不敢使血色永遠鮮濃；暗暗地使人類受苦，卻不敢使人類永遠記得。

他專為他的同類——人類中的怯弱者——設想，用廢墟荒墳來襯托華屋，用時光來沖淡苦痛和血痕；日日斟出一杯微甘的苦酒，不太少，不太多，以能微醉為度，遞給人間，使飲者可以哭，可以歌，也如醒，也如醉，若有知，若無知，也欲死，也欲生。他必須使一切也欲生；他還沒有滅盡人類的勇氣。

幾片廢墟和幾個荒墳散在地上，映以淡淡的血痕，人們都在其間咀嚼着人我的渺茫的悲苦。但是不肯吐棄，以為究竟勝於空虛，各各自稱為「天之僇民」，以作咀嚼着人我的渺茫的悲苦的辯解，而且悚息着靜待新的悲苦的到來。新的，這就使他們恐懼，而又渴欲相遇。

這都是造物主的良民。他就需要這樣。

叛逆的猛士出於人間；他屹立着，洞見一切已改和現有的廢墟和荒墳，記得一切深廣和久遠的苦痛，正視一切重疊淤積的凝血，深知一切已

死，方生，將生和未生。他看透了造化的把戲；他將要起來使人類蘇生，或者使人類滅盡，這些造物主的良民們。

　　造物主，怯弱者，羞慚了，於是伏藏。天地在猛士的眼中於是變色。

一九二六年四月八日。

（按：本文選自《野草》）

魯迅說：「我有一時，曾經屢次憶起兒時在故鄉所吃的蔬果：菱角，羅漢豆，茭白，香瓜。……後來，我在久別之後嘗到了，也不過如此；惟獨在記憶上，還有舊來的意味留存。他們也許要哄騙我一生，使我時時反顧。」

【說明】

　　這裡選錄的「散文」，分為三組。《阿長與〈山海經〉》、《藤野先生》選自《朝花夕拾》，作者名曰「回憶記」，當是「五四」以來文學觀念中的「散文」正體。《記念劉和珍君》、《為了忘卻的記念》、《憶韋素園君》，原都收入所謂「雜文集」中。但三篇都是悼憶之文，內容跟「回憶記」不無相類，卻與「雜文」正體之直接評論箴砭者有殊，所以抽出來歸在散文部分。不過比起《阿長與〈山海經〉》兩篇之筆調樸直舒緩，則《記念劉和珍君》激越愴痛，《憶韋素園君》感慨低徊，《為了忘卻的記念》激越低徊兼具。三篇近似古時哀悼文體，寄意抒憤成分較濃，比「五四」以來一般「隨筆」或「小品文」所載內容強烈得多。魯迅用意「戰取現在」，運筆則出入古今。哀悼篇章，以血寫成，有人認為是魯迅散文的最高成就。至於《吶喊·自序》，序跋之體，憶往敘今，情見乎辭，也可歸入散文一類。

　　《吶喊·自序》是魯迅編集一九一八至一九二二年所作小說成書而寫的序言，交代寫作的緣起與取名的理由。大半篇幅，細說他自少迄今的人生經歷與體味。《阿長與〈山海經〉》回憶小時的保姆長媽媽，《藤野先生》憶述留學日本時的老師藤野嚴九郎。憶長媽媽是樸厚之思，憶藤野先生表感激之意。運用白描筆法，細節生動，而意摯情深。

　　《記念劉和珍君》一文，因「三·一八」事件而作。一九二六年三月，馮玉祥的國民軍與親日的奉系軍閥開戰，奉系失利，日本遂遣軍艦駛進大沽口，炮轟國民軍守軍，守軍還擊。日本竟向段祺瑞執政府抗議，並聯合英美等八國名義，於三月十六日提出最後通牒，要求停止津沽間中國軍事行動並撤除防務，限令四十八小時內答覆。北京各界人民，包括學生，於三月十八日在天安門集會，會後赴國務院前請願，竟遭槍彈刀棍殺戮，死

者四十餘人，死難者中有魯迅任教的北京女子師範大學的學生。三月二十五日，女師大為殉難同學開追悼會，魯迅親往致悼，五日後寫成此文。

《為了忘卻的記念》，為記念柔石等幾位青年作者殉難而作。一九三一年二月，左聯成立還不到一年，柔石、殷夫等五位左翼作者和其他革命者二十四人，遭秘密捕殺。魯迅處境也很險惡，迫得離家避難。同年四月，他以悲憤勇決的心情，主編《前哨》雜誌「紀念戰死者專號」，發表了宣言性的文字。兩年後再寫成本文。題中云「為了忘卻」，乃用反語，更見沉痛。

《憶韋素園君》，為悼念未名社的韋素園而作。魯迅於一九二五年與幾位青年朋友創辦「未名社」，韋素園自此一直默默的切實做着文學工作，直至一九三二年病歿，才三十歲。在這平凡卻實在的短促的生命中，魯迅表出他值得記念的地方，下筆沉摯。文章開頭和結末，則以奇喻與警語，寫出自己的浩歎。

《吶喊》自序

　　我在年青時候也曾經做過許多夢，後來大半忘卻了，但自己也並不以為可惜。所謂回憶者，雖說可以使人歡欣，有時也不免使人寂寞，使精神的絲縷還牽着已逝的寂寞的時光，又有甚麼意味呢，而我偏苦於不能全忘卻，這不能全忘的一部分，到現在便成了《吶喊》的來由。

　　我有四年多，曾經常常，——幾乎是每天，出入於質鋪和藥店裡，年紀可是忘卻了，總之是藥店的櫃台正和我一樣高，質鋪的是比我高一倍，我從一倍高的櫃台外送上衣服或首飾去，在侮蔑裡接了錢，再到一樣高的櫃台上給我久病的父親去買藥。回家之後，又須忙別的事了，因為開方的醫生是最有名的，以此所用的藥引也奇特：冬天的蘆根，經霜三年的甘蔗，蟋蟀要原對的，結子的平地木，……多不是容易辦到的東西。然而我的父親終於日重一日的亡故了。

　　有誰從小康人家而墜入困頓的麼，我以為在這途路中，大概可以看見世人的真面目；我要到 N 進 K 學堂去了，彷彿是想走異路，逃異地，去尋求別樣的人們。我的母親沒有法，辦了八元的川資，說是由我的自便；然而伊哭了，這正是情理中的事，因為那時讀書應試是正路，所謂學洋務，社會上便以為是一種走投無路的人，只得將靈魂賣給鬼子，要加倍

的奚落而且排斥的，而況伊又看不見自己的兒子了。然而我也顧不得這些事，終於到 N 去進了 K 學堂了，在這學堂裡，我才知道世上還有所謂格致、算學、地理、歷史、繪圖和體操。生理學並不教，但我們卻看到些木版的《全體新論》和《化學衛生論》之類了。我還記得先前的醫生的議論和方藥，和現在所知道的比較起來，便漸漸的悟得中醫不過是一種有意的或無意的騙子，同時又很起了對於被騙的病人和他的家族的同情；而且從譯出的歷史上，又知道了日本維新是大半發端於西方醫學的事實。

因為這些幼稚的知識，後來便使我的學籍列在日本一個鄉間的醫學專門學校裡了。我的夢很美滿，豫備卒業回來，救治像我父親似的被誤的病人的疾苦，戰爭時候便去當軍醫，一面又促進了國人對於維新的信仰。我已不知道教授微生物學的方法，現在又有了怎樣的進步了，總之那時是用了電影，來顯示微生物的形狀的，因此有時講義的一段落已完，而時間還沒有到，教師便映些風景或時事的畫片給學生看，以用去這多餘的光陰。其時正當日俄戰爭的時候，關於戰事的畫片自然也就比較的多了，我在這一個講堂中，便須常常隨喜我那同學們的拍手和喝采。有一回，我竟在畫片上忽然會見我久違的許多中國人了，一個綁在中間，許多站在左右，一樣是強壯的體格，而顯出麻木的神情。據解說，則綁着的是替俄國做了軍事上的偵探，正要被日軍砍下頭顱來示眾，而圍着的便是來賞鑑這示眾的盛舉的人們。

這一學年沒有完畢，我已經到了東京了，因為從那一回以後，我便覺得醫學並非一件緊要事，凡是愚弱的國民，即使體格如何健全，如何茁壯，也只能做毫無意義的示眾的材料和看客，病死多少是不必以為不幸的。所以我們的第一要著，是在改變他們的精神，而善於改變精神的是，我那時以為當然要推文藝，於是想提倡文藝運動了。在東京的留學生很有學法政理化以至警察工業的，但沒有人治文學和美術；可是在冷淡的空氣

中，也幸而尋到幾個同志了，此外又邀集了必須的幾個人，商量之後，第一步當然是出雜誌，名目是取「新的生命」的意思，因為我們那時大抵帶些復古的傾向，所以只謂之《新生》。

《新生》的出版之期接近了，但最先就隱去了若干擔當文字的人，接著又逃走了資本，結果只剩下不名一錢的三個人。創始時候既已背時，失敗時候當然無可告語，而其後卻連這三個人也都為各自的運命所驅策，不能在一處縱談將來的好夢了，這就是我們的並未產生的《新生》的結局。

我感到未嘗經驗的無聊，是自此以後的事。我當初是不知其所以然的；後來想，凡有一人的主張，得了贊和，是促其前進的，得了反對，是促其奮鬥的，獨有叫喊於生人中，而生人並無反應，既非贊同，也無反對，如置身毫無邊際的荒原，無可措手的了，這是怎樣的悲哀呵，我於是以我所感到者為寂寞。

這寂寞又一天一天的長大起來，如大毒蛇，纏住了我的靈魂了。

然而我雖然自有無端的悲哀，卻也並不憤懣，因為這經驗使我反省，看見自己了：就是我決不是一個振臂一呼應者雲集的英雄。

只是我自己的寂寞是不可不驅除的，因為這於我太痛苦。我於是用了種種法，來麻醉自己的靈魂，使我沉入於國民中，使我回到古代去，後來也親歷或旁觀過幾樣更寂寞、更悲哀的事，都為我所不願追懷，甘心使他們和我的腦一同消滅在泥土裡的，但我的麻醉法卻也似乎已經奏了功，再沒有青年時候的慷慨激昂的意思了。

S會館裡有三間屋，相傳是往昔曾在院子裡的槐樹上縊死過一個女人的，現在槐樹已經高不可攀了，而這屋還沒有人住；許多年，我便寓在這屋裡抄古碑。客中少有人來，古碑中也遇不到甚麼問題和主義，而我的生命卻居然暗暗的消去了，這也就是我惟一的願望。夏夜，蚊子多了，便搖

着蒲扇坐在槐樹下，從密葉縫裡看那一點一點的青天，晚出的槐蠶又每每冰冷的落在頭頸上。

那時偶或來談的是一個老朋友金心異，將手提的大皮夾放在破桌上，脫下長衫，對面坐下了，因為怕狗，似乎心房還在怦怦的跳動。

「你抄了這些有甚麼用？」有一夜，他翻着我那古碑的抄本，發了研究的質問了。

「沒有甚麼用。」

「那麼，你抄它是甚麼意思呢？

「沒有甚麼意思。」

「我想，你可以做點文章……」

我懂得他的意思了，他們正辦《新青年》，然而那時彷彿不特沒有人來贊同，並且也還沒有人來反對，我想，他們許是感到寂寞了，但是說：

「假如一間鐵屋子，是絕無窗戶而萬難破毀的，裡面有許多熟睡的人們，不久都要悶死了，然而是從昏睡入死滅，並不感到就死的悲哀。現在你大嚷起來，驚起了較為清醒的幾個人，使這不幸的少數者來受無可挽救的臨終的苦楚，你倒以為對得起他們麼？」

「然而幾個人既然起來，你不能說決沒有毀壞這鐵屋的希望。」

是的。我雖然自有我的確信，然而說到希望，卻是不能抹殺的，因為希望是在於將來，決不能以我之必無的證明，來折服了他之所謂可有，於是我終於答應他也做文章了，這便是最初的一篇《狂人日記》。從此以後，便一發而不可收，每寫些小說模樣的文章，以敷衍朋友們的囑託，積久就有了十餘篇。

在我自己，本以為現在是已經並非一個切迫而不能已於言的人了，但或者也還未能忘懷於當日自己的寂寞的悲哀罷，所以有時候仍不免吶喊幾聲，聊以慰藉那在寂寞裡奔馳的猛士，使他不憚於前驅。至於我的喊聲

是勇猛或是悲哀，是可憎或是可笑，那倒是不暇顧及的；但既然是吶喊，則當然須聽將令的了，所以我往往不恤用了曲筆，在《藥》的瑜兒的墳上平空添上一個花環，在《明天》裡也不敘單四嫂子竟沒有做到看見兒子的夢，因為那時的主將是不主張消極的，至於自己，卻也並不願將自以為苦的寂寞，再來傳染給也如我那年青時候似的正做着好夢的青年。

這樣說來，我的小說和藝術的距離之遠，也就可想而知了，然而到今日還能蒙着小說的名，甚而至於且有成集的機會，無論如何總不能不說是一件僥倖的事，但僥倖雖使我不安於心，而懸揣人間暫時還有讀者，則究竟也仍然是高興的。

所以我竟將我的短篇小說結集起來，而且付印了，又因為上面所說的緣由，便稱之為《吶喊》。

一九二二年十二月三日，魯迅記於北京。

（按：本文選自《吶喊》）

阿長與《山海經》

　　長媽媽，已經說過，是一個一向帶領着我的女工，說得闊氣一點，就是我的保姆。我的母親和許多別的人都這樣稱呼她，似乎略帶些客氣的意思。只有祖母叫她阿長。我平時叫她「阿媽」，連「長」字也不帶；但到憎惡她的時候，——例如知道了謀死我那隱鼠的卻是她的時候，就叫她阿長。

　　我們那裡沒有姓長的；她生得黃胖而矮，「長」也不是形容詞。又不是她的名字，記得她自己說過，她的名字是叫作甚麼姑娘的。甚麼姑娘，我現在已經忘卻了，總之不是長姑娘；也終於不知道她姓甚麼。記得她曾告訴過我這個名稱的來歷：先前的先前，我家有一個女工，身材生得很高大，這就是真阿長。後來她回去了，我那甚麼姑娘才來補她的缺，然而大家因為叫慣了，沒有再改口，於是她從此也就成為長媽媽了。

　　雖然背地裡說人長短不是好事情，但倘使要我說句真心話，我可只得說：我實在不大佩服她。最討厭的是常喜歡切切察察，向人們低聲絮說些甚麼事。還豎起第二個手指，在空中上下搖動，或者點着對手或自己的鼻尖。我的家裡一有些小風波，不知怎的我總疑心和這「切切察察」有些關係。又不許我走動，拔一株草，翻一塊石頭，就說我頑皮，要告訴我

的母親去了。一到夏天，睡覺時她又伸開兩腳兩手，在床中間擺成一個「大」字，擠得我沒有餘地翻身，久睡在一角的席子上，又已經烤得那麼熱。推她呢，不動；叫她呢，也不聞。

「長媽媽生得那麼胖，一定很怕熱罷？晚上的睡相，怕不見得很好罷？……」

母親聽到我多回訴苦之後，曾經這樣地問過她。我也知道這意思是要她多給我一些空席。她不開口。但到夜裡，我熱得醒來的時候，卻仍然看見滿床擺着一個「大」字，一條臂膊還擱在我的頸子上。我想，這實在是無法可想了。

但是她懂得許多規矩；這些規矩，也大概是我所不耐煩的。一年中最高興的時節，自然要數除夕了。辭歲之後，從長輩得到壓歲錢，紅紙包着，放在枕邊，只要過一宵，便可以隨意使用。睡在枕上，看着紅包，想到明天買來的小鼓、刀槍、泥人、糖菩薩……。然而她進來，又將一個福橘放在床頭了。

「哥兒，你牢牢記住！」她極其鄭重地說。「明天是正月初一，清早一睜開眼睛，第一句話就得對我說：『阿媽，恭喜恭喜！』記得麼？你要記着，這是一年的運氣的事情。不許說別的話！說過之後，還得吃一點福橘。」她又拿起那橘子來在我的眼前搖了兩搖，「那麼，一年到頭，順順流流……。」

夢裡也記得元旦的，第二天醒得特別早，一醒，就要坐起來。她卻立刻伸出臂膊，一把將我按住。我驚異地看她時，只見她惶急地看着我。

她又有所要求似的，搖着我的肩。我忽而記得了——

「阿媽，恭喜……。」

「恭喜恭喜！大家恭喜！真聰明！恭喜恭喜！」她於是十分喜歡似的，笑將起來，同時將一點冰冷的東西，塞在我的嘴裡。我大吃一驚之

後，也就忽而記得，這就是所謂福橘，元旦闢頭的磨難，總算已經受完，可以下床玩耍去了。

她教給我的道理還很多，例如說人死了，不該說死掉，必須說「老掉了」；死了人，生了孩子的屋子裡，不應該走進去；飯粒落在地上，必須揀起來，最好是吃下去；曬褲子用的竹竿底下，是萬不可鑽過去的……。此外，現在大抵忘卻了，只有元旦的古怪儀式記得最清楚。總之：都是些煩瑣之至，至今想起來還覺得非常麻煩的事情。

然而我有一時也對她發生過空前的敬意。她常常對我講「長毛」。她之所謂「長毛」者，不但洪秀全軍，似乎連後來一切土匪強盜都在內，但除卻革命黨，因為那時還沒有。她說得長毛非常可怕，他們的話就聽不懂。她說先前長毛進城的時候，我家全都逃到海邊去了，只留一個門房和年老的煮飯老媽子看家。後來長毛果然進門來了，那老媽子便叫他們「大王」，——據說對長毛就應該這樣叫，——訴說自己的飢餓。長毛笑道：「那麼，這東西就給你吃了罷！」將一個圓圓的東西擲了過來，還帶着一條小辮子，正是那門房的頭。煮飯老媽子從此就駭破了膽，後來一提起，還是立刻面如土色，自己輕輕地拍着胸脯道：「阿呀，駭死我了，駭死我了……。」

我那時似乎倒並不怕，因為我覺得這些事和我毫不相干的，我不是一個門房。但她大概也即覺到了，說道：「像你似的小孩子，長毛也要擄的，擄去做小長毛。還有好看的姑娘，也要擄。」

「那麼，你是不要緊的。」我以為她一定最安全了，既不做門房，又不是小孩子，也生得不好看，況且頸子上還有許多灸瘡疤。

「那裡的話？！」她嚴肅地說。「我們就沒有用處？我們也要被擄去。城外有兵來攻的時候，長毛就叫我們脫下褲子，一排一排地站在城牆上，外面的大炮就放不出來；再要放，就炸了！」

這實在是出於我意想之外的，不能不驚異。我一向只以為她滿肚子是麻煩的禮節罷了，卻不料她還有這樣偉大的神力。從此對於她就有了特別的敬意，似乎實在深不可測；夜間的伸開手腳，佔領全床，那當然是情有可原的了，倒應該我退讓。

　　這種敬意，雖然也逐漸淡薄起來，但完全消失，大概是在知道她謀害了我的隱鼠之後。那時就極嚴重地詰問，而且當面叫她阿長。我想我又不真做小長毛，不去攻城，也不放炮，更不怕炮炸，我懼憚她甚麼呢！

　　但當我哀悼隱鼠，給牠復仇的時候，一面又在渴慕着繪圖的《山海經》了。這渴慕是從一個遠房的叔祖惹起來的。他是一個胖胖的，和藹的老人，愛種一點花木，如珠蘭、茉莉之類，還有極其少見的，據說從北邊帶回去的馬纓花。他的太太卻正相反，甚麼也莫名其妙，曾將曬衣服的竹竿擱在珠蘭的枝條上，枝折了，還要憤憤地咒罵道：「死屍！」這老人是個寂寞者，因為無人可談，就很愛和孩子們往來，有時簡直稱我們為「小友」。在我們聚族而居的宅子裡，只有他書多，而且特別。制藝和試帖詩，自然也是有的；但我卻只在他的書齋裡，看見過陸璣的《毛詩鳥獸草木蟲魚疏》，還有許多名目很生的書籍。我那時最愛看的是《花鏡》，上面有許多圖。他說給我聽，曾經有過一部繪圖的《山海經》，畫着人面的獸，九頭的蛇，三腳的鳥，生着翅膀的人，沒有頭而以兩乳當作眼睛的怪物，……可惜現在不知道放在那裡了。

　　我很願意看看這樣的圖畫，但不好意思力逼他去尋找，他是很疏懶的。問別人呢，誰也不肯真實地回答我。壓歲錢有幾百文，買罷，又沒有好機會。有書買的大街離我家遠得很，我一年中只能在正月間去玩一趟，那時候，兩家書店都緊緊地關着門。

　　玩的時候倒是沒有甚麼的，但一坐下，我就記得繪圖的《山海經》。

大概是太過於念念不忘了，連阿長也來問《山海經》是怎麼一回事。這是我向來沒有和她說過的，我知道她並非學者，說了也無益；但既然來問，也就都對她說了。

　　過了十多天，或者一個月罷，我還很記得，是她告假回家以後的四五天，她穿着新的藍布衫回來了，一見面，就將一包書遞給我，高興地說道：──

　　「哥兒，有畫兒的『三哼經』，我給你買來了！」

　　我似乎遇着了一個霹靂，全體都震悚起來；趕緊去接過來，打開紙包，是四本小小的書，略略一翻，人面的獸，九頭的蛇，……果然都在內。

　　這又使我發生新的敬意了，別人不肯做，或不能做的事，她卻能夠做成功。她確有偉大的神力。謀害隱鼠的怨恨，從此完全消滅了。

　　這四本書，乃是我最初得到，最為心愛的寶書。

　　書的模樣，到現在還在眼前。可是從還在眼前的模樣來說，卻是一部刻印都十分粗拙的本子。紙張很黃；圖像也很壞，甚至於幾乎全用直線湊合，連動物的眼睛也都是長方形的。但那是我最為心愛的寶書，看起來，確是人面的獸；九頭的蛇；一腳的牛；袋子似的帝江；沒有頭而「以乳為目，以臍為口」，還有「執干戚而舞」的刑天。

　　此後我就更其搜集繪圖的書，於是有了石印的《爾雅音圖》和《毛詩品物圖考》，又有了《點石齋叢畫》和《詩畫舫》。《山海經》也另買了一部石印的，每卷都有圖讚，綠色的畫，字是紅的，比那木刻的精緻得多了。這一部直到前年還在，是縮印的郝懿行疏。木刻的卻已經記不清是甚麼時候失掉了。

　　我的保姆，長媽媽即阿長，辭了這人世，大概也有了三十年了罷。我終於不知道她的姓名，她的經歷；僅知道有一個過繼的兒子，她大約是

青年守寡的孤孀。

　　仁厚黑暗的地母呵，願在你懷裡永安她的魂靈！

三月十日。

（按：本文寫於一九二六年，選自《朝花夕拾》）

藤野先生

東京也無非是這樣。上野的櫻花爛熳的時節，望去確也像緋紅的輕雲，但花下也缺不了成群結隊的「清國留學生」的速成班，頭頂上盤着大辮子，頂得學生制帽的頂上高高聳起，形成一座富士山。也有解散辮子，盤得平的，除下帽來，油光可鑑，宛如小姑娘的髮髻一般，還要將脖子扭幾扭。實在標致極了。

中國留學生會館的門房裡有幾本書買，有時還值得去一轉；倘在上午，裡面的幾間洋房裡倒也還可以坐坐的。但到傍晚，有一間的地板便常不免要咚咚咚地響得震天，兼以滿房煙塵斗亂；問問精通時事的人，答道，「那是在學跳舞。」

到別的地方去看看，如何呢？

我就往仙台的醫學專門學校去。從東京出發，不久便到一處驛站，寫道：日暮里。不知怎地，我到現在還記得這名目。其次卻只記得水戶了，這是明的遺民朱舜水先生客死的地方。仙台是一個市鎮，並不大；冬天冷得利害；還沒有中國的學生。

大概是物以希為貴罷。北京的白菜運往浙江，便用紅頭繩繫住菜根，倒掛在水果店頭，尊為「膠菜」；福建野生着的蘆薈，一到北京就請

進溫室，且美其名曰「龍舌蘭」。我到仙台也頗受了這樣的優待，不但學校不收學費，幾個職員還為我的食宿操心。我先是住在監獄旁邊一個客店裡的，初冬已經頗冷，蚊子卻還多，後來用被蓋了全身，用衣服包了頭臉，只留兩個鼻孔出氣。在這呼吸不息的地方，蚊子竟無從插嘴，居然睡安穩了。飯食也不壞。但一位先生卻以為這客店也包辦囚人的飯食，我住在那裡不相宜，幾次三番，幾次三番地說。我雖然覺得客店兼辦囚人的飯食和我不相干，然而好意難卻，也只得別尋相宜的住處了。於是搬到別一家，離監獄也很遠，可惜每天總要喝難以下嚥的芋梗湯。

從此就看見許多陌生的先生，聽到許多新鮮的講義。解剖學是兩個教授分任的。最初是骨學。其時進來的是一個黑瘦的先生，八字鬚，戴着眼鏡，挾着一疊大大小小的書。一將書放在講台上，便用了緩慢而很有頓挫的聲調，向學生介紹自己道：──

「我就是叫作藤野嚴九郎的……。」

後面有幾個人笑起來了。他接着便講述解剖學在日本發達的歷史，那些大大小小的書，便是從最初到現今關於這一門學問的著作。起初有幾本是線裝的；還有翻刻中國譯本的。他們的翻譯和研究新的醫學，並不比中國早。

那坐在後面發笑的是上學年不及格的留級學生，在校已經一年，掌故頗為熟悉的了。他們便給新生講演每個教授的歷史。這藤野先生，據說是穿衣服太模糊了，有時竟會忘記帶領結；冬天是一件舊外套，寒顫顫的，有一回上火車去，致使管車的疑心他是扒手，叫車裡的客人大家小心些。

他們的話大概是真的，我就親見他有一次上講堂沒有帶領結。

過了一星期，大約是星期六，他使助手來叫我了。到得研究室，見他坐在人骨和許多單獨的頭骨中間，──他其時正在研究着頭骨，後來有一篇論文在本校的雜誌上發表出來。

「我的講義，你能抄下來麼？」他問。

「可以抄一點。」

「拿來我看！」

我交出所抄的講義去，他收下了，第二三天便還我，並且說，此後每一星期要送給他看一回。我拿下來打開看時，很吃了一驚，同時也感到一種不安和感激。原來我的講義已經從頭到末，都用紅筆添改過了，不但增加了許多脫漏的地方，連文法的錯誤，也都一一訂正。這樣一直繼續到教完了他所擔任的功課：骨學、血管學、神經學。

可惜我那時太不用功，有時也很任性。還記得有一回藤野先生將我叫到他的研究室裡去，翻出我那講義上的一個圖來，是下臂的血管，指着，向我和藹的說道：──

「你看，你將這條血管移了一點位置了。──自然，這樣一移，的確比較的好看些，然而解剖圖不是美術，實物是那麼樣的，我們沒法改換它。現在我給你改好了，以後你要全照着黑板上那樣的畫。」

但是我還不服氣，口頭答應着，心裡卻想道：──

「圖還是我畫的不錯；至於實在的情形，我心裡自然記得的。」

學年試驗完畢之後，我便到東京玩了一夏天，秋初再回學校，成績早已發表了，同學一百餘人之中，我在中間，不過是沒有落第。這回藤野先生所擔任的功課，是解剖實習和局部解剖學。

解剖實習了大概一星期，他又叫我去了，很高興地，仍用了極有抑揚的聲調對我說道：──

「我因為聽說中國人是很敬重鬼的，所以很擔心，怕你不肯解剖屍體。現在總算放心了，沒有這回事。」

但他也偶有使我很為難的時候。他聽說中國的女人是裹腳的，但不知道詳細，所以要問我怎麼裹法，足骨變成怎樣的畸形，還歎息道，「總

要看一看才知道。究竟是怎麼一回事呢？」

有一天，本級的學生會幹事到我寓裡來了，要借我的講義看。我檢出來交給他們，卻只翻檢了一通，並沒有帶走。但他們一走，郵差就送到一封很厚的信，拆開看時，第一句是：——

「你改悔罷！」

這是《新約》上的句子罷，但經托爾斯泰新近引用過的。其時正值日俄戰爭，托老先生便寫了一封給俄國和日本的皇帝的信，開首便是這一句。日本報紙上很斥責他的不遜，愛國青年也憤然，然而暗地裡卻早受了他的影響了。其次的話，大略是説上年解剖學試驗的題目，是藤野先生講義上做了記號，我豫先知道的，所以能有這樣的成績。末尾是匿名。

我這才回憶到前幾天的一件事：因為要開同級會，幹事便在黑板上寫廣告，末一句是「請全數到會勿漏為要」，而且在「漏」字旁邊加了一個圈。我當時雖然覺到圈得可笑，但是毫不介意，這回才悟出那字也在譏刺我了，猶言我得了教員漏洩出來的題目。

我便將這事告知了藤野先生；有幾個和我熟識的同學也很不平，一同去詰責幹事託辭檢查的無禮，並且要求他們將檢查的結果，發表出來。終於這流言消滅了，幹事卻又竭力運動，要收回那一封匿名信去。結末是我便將這托爾斯泰式的信退還了他們。

中國是弱國，所以中國人當然是低能兒，分數在六十分以上，便不是自己的能力了：也無怪他們疑惑。但我接着便有參觀槍斃中國人的命運了。第二年添教黴（音「眉」）菌學，細菌的形狀是全用電影來顯示的，一段落已完而還沒有到下課的時候，便影幾片時事的片子，自然都是日本戰勝俄國的情形。但偏有中國人夾在裡邊：給俄國人做偵探，被日本軍捕獲，要槍斃了，圍着看的也是一群中國人；在講堂裡的還有一個我。

「萬歲！」他們都拍掌歡呼起來。

這種歡呼，是每看一片都有的，但在我，這一聲卻特別聽得刺耳。此後回到中國來，我看見那些閒看槍斃犯人的人們，他們也何嘗不酒醉似的喝采，——嗚呼，無法可想！但在那時那地，我的意見卻變化了。

到第二學年的終結，我便去尋藤野先生，告訴他我將不學醫學，並且離開這仙台。他的臉色彷彿有些悲哀，似乎想說話，但竟沒有說。

「我想去學生物學，先生教給我的學問，也還有用的。」

其實我並沒有決意要學生物學，因為看得他有些淒然，便說了一個慰安他的謊話。

「為醫學而教的解剖學之類，怕於生物學也沒有甚麼大幫助。」他歎息說。

將走的前幾天，他叫我到他家裡去，交給我一張照相，後面寫着兩個字道：「惜別」，還說希望將我的也送他。但我這時適值沒有照相了；他便叮囑我將來照了寄給他，並且時時通信告訴他此後的狀況。

我離開仙台之後，就多年沒有照過相，又因為狀況也無聊，說起來無非使他失望，便連信也怕敢寫了。經過的年月一多，話更無從說起，所以雖然有時想寫信，卻又難以下筆，這樣的一直到現在，竟沒有寄過一封信和一張照片。從他那一面看起來，是一去之後，杳無消息了。

但不知怎地，我總還時時記起他，在我所認為我師的之中，他是最使我感激，給我鼓勵的一個。有時我常常想：他的對於我的熱心的希望，不倦的教誨，小而言之，是為中國，就是希望中國有新的醫學；大而言之，是為學術，就是希望新的醫學傳到中國去。他的性格，在我的眼裡和心裡是偉大的，雖然他的姓名並不為許多人所知道。

他所改正的講義，我曾經訂成三厚本，收藏着的，將作為永久的記念。不幸七年前遷居的時候，中途毀壞了一口書箱，失去半箱書，恰巧這講義也遺失在內了。責成運送局去找尋，寂無回信。只有他的照相至今還

掛在我北京寓居的東牆上，書桌對面。每當夜間疲倦，正想偷懶時，仰面在燈光中瞥見他黑瘦的面貌，似乎正要說出抑揚頓挫的話來，便使我忽又良心發現，而且增加勇氣了，於是點上一枝煙，再繼續寫些為「正人君子」之流所深惡痛疾的文字。

十月十二日。

（按：本文寫於一九二六年，選自《朝花夕拾》）

記念劉和珍君

一

中華民國十五年三月二十五日，就是國立北京女子師範大學為十八日在段祺瑞執政府前遇害的劉和珍、楊德群兩君開追悼會的那一天，我獨在禮堂外徘徊，遇見程君，前來問我道，「先生可曾為劉和珍寫了一點甚麼沒有？」我說「沒有」。她就正告我，「先生還是寫一點罷；劉和珍生前就很愛看先生的文章。」

這是我知道的，凡我所編輯的期刊，大概是因為往往有始無終之故罷，銷行一向就甚為寥落，然而在這樣的生活艱難中，毅然豫定了《莽原》全年的就有她。我也早覺得有寫一點東西的必要了，這雖然於死者毫不相干，但在生者，卻大抵只能如此而已。倘使我能夠相信真有所謂「在天之靈」，那自然可以得到更大的安慰，——但是，現在，卻只能如此而已。

可是我實在無話可說。我只覺得所住的並非人間。四十多個青年的血，洋溢在我的周圍，使我艱於呼吸視聽，那裡還能有甚麼言語？長歌當哭，是必須在痛定之後的。而此後幾個所謂學者文人的陰險的論調，尤使

我覺得悲哀。我已經出離憤怒了。我將深味這非人間的濃黑的悲涼；以我的最大哀痛顯示於非人間，使它們快意於我的苦痛，就將這作為後死者的菲薄的祭品，奉獻於逝者的靈前。

二

真的猛士，敢於直面慘淡的人生，敢於正視淋漓的鮮血。這是怎樣的哀痛者和幸福者？然而造化又常常為庸人設計，以時間的流駛，來洗滌舊跡，僅使留下淡紅的血色和微漠的悲哀。在這淡紅的血色和微漠的悲哀中，又給人暫得偷生，維持着這似人非人的世界。我不知道這樣的世界何時是一個盡頭！

我們還在這樣的世上活着；我也早覺得有寫一點東西的必要了。離三月十八日也已有兩星期，忘卻的救主快要降臨了罷，我正有寫一點東西的必要了。

三

在四十餘被害的青年之中，劉和珍君是我的學生。學生云者，我向來這樣想，這樣說，現在卻覺得有些躊躇了，我應該對她奉獻我的悲哀與尊敬。她不是「苟活到現在的我」的學生，是為了中國而死的中國的青年。

她的姓名第一次為我所見，是在去年夏初楊蔭榆女士做女子師範大學校長，開除校中六個學生自治會職員的時候。其中的一個就是她；但是我不認識。直到後來，也許已經是劉百昭率領男女武將，強拖出校之

後了，才有人指着一個學生告訴我，說：這就是劉和珍。其時我才能將姓名和實體聯合起來，心中卻暗自詫異。我平素想，能夠不為勢利所屈，反抗一廣有羽翼的校長的學生，無論如何，總該是有些桀驁鋒利的，但她卻常常微笑着，態度很溫和。待到偏安於宗帽胡同，賃屋授課之後，她才始來聽我的講義，於是見面的回數就較多了，也還是始終微笑着，態度很溫和。待到學校恢復舊觀，往日的教職員以為責任已盡，準備陸續引退的時候，我才見她慮及母校前途，黯然至於泣下。此後似乎就不相見。總之，在我的記憶上，那一次就是永別了。

四

我在十八日早晨，我知道上午有群眾向執政府請願的事；下午便得到噩耗，說衛隊居然開槍，死傷至數百人，而劉和珍君即在遇害者之列。但我對於這些傳說，竟至於頗為懷疑。我向來是不憚以最壞的惡意，來推測中國人的，然而我還不料，也不信竟會下劣兇殘到這地步。況且始終微笑着的和藹的劉和珍君，更何至於無端在府門前喋血呢？

然而即日證明是事實了，作證的便是她自己的屍骸。還有一具，是楊德群君的。而且又證明着這不但是殺害，簡直是虐殺，因為身體上還有棍棒的傷痕。

但段政府就有令，說她們是「暴徒」！

但接着就有流言，說她們是受人利用的。

慘象，已使我目不忍視了；流言，尤使我耳不忍聞。我還有甚麼話可說呢？我懂得衰亡民族之所以默無聲息的緣由了。沉默呵，沉默呵！不在沉默中爆發，就在沉默中滅亡。

五

但是，我還有要説的話。

我沒有親見；聽説，她，劉和珍君，那時是欣然前往的。自然，請願而已，稍有人心者，誰也不會料到有這樣的羅網。但竟在執政府前中彈了，從背部入，斜穿心肺已是致命的創傷，只是沒有便死。同去的張靜淑君想扶起她，中了四彈，其一是手槍，立仆；同去的楊德群君又想去扶起她，也被擊，彈從左肩入，穿胸偏右出，也立仆。但她還能坐起來，一個兵在她頭部及胸部猛擊兩棍，於是死掉了。

始終微笑的和藹的劉和珍君確是死掉了，這是真的，有她自己的屍骸為證；沉勇而友愛的楊德群也死掉了，有她自己的屍骸為證；只有一樣沉勇而友愛的張靜淑君還在醫院裡呻吟。當三個女子從容地轉輾於文明人所發明的槍彈的攢射中的時候，這是怎樣的一個驚心動魄的偉大呵！中國軍人的屠戮婦嬰的偉績，八國聯軍的懲創學生的武功，不幸全被這幾縷血痕抹殺了。

但是中外的殺人者卻居然昂起頭來，不知道個個臉上有着血污……。

六

時間永是流駛，街市依舊太平，有限的幾個生命，在中國是不算甚麼的，至多，不過供無惡意的閒人以飯後的談資，或者給有惡意的閒人作「流言」的種子。至於此外的深的意義，我總覺得很寥寥，因為這實在不過是徒手的請願。人類的血戰前行的歷史，正如煤的形成，當時用大量的木材，結果卻只是一小塊，但請願是不在其中的，更何況是徒手。

然而既然有了血痕了，當然不覺要擴大。至少，也當浸漬了親族，師友，愛人的心，縱使時光流駛，洗成緋紅，也會在微漠的悲哀中永存微笑的和藹的舊影。陶潛說過，「親戚或餘悲，他人亦已歌，死去何所道，託體同山阿」。倘能如此，這也就夠了。

七

　　我已經說過：我向來是不憚以最壞的惡意來推測中國人的。但這回卻很有幾點出於我的意外。一是當局者竟會這樣地兇殘，一是流言家竟至如此之下劣，一是中國的女性臨難竟能如是之從容。

　　我目睹中國女子的辦事，是始於去年的，雖然是少數，但看那幹練堅決，百折不回的氣概，曾經屢次為之感歎。至於這一回在彈雨中互相救助，雖殞身不恤的事實，則更足為中國女子的勇毅，雖遭陰謀秘計，壓抑至數千年，而終於沒有消亡的明證了。倘要尋求這一次死傷者對於將來的意義，意義就在此罷。

　　苟活者在淡紅的血色中，會依稀看見微茫的希望；真的猛士，將更奮然而前行。

　　嗚呼，我說不出話，但以此記念劉和珍君！

四月一日

（按：本文寫於一九二六年，選自《華蓋集續編》）

為了忘卻的記念

一

　　我早已想寫一點文字，來記念幾個青年的作家。這並非為了別的，只因為兩年以來，悲憤總時時來襲擊我的心，至今沒有停止，我很想藉此算是竦身一搖，將悲哀擺脫，給自己輕鬆一下，照直說，就是我倒要將他們忘卻了。

　　兩年前的此時，即一九三一年的二月七日夜或八日晨，是我們的五個青年作家同時遇害的時候。當時上海的報章都不敢載這件事，或者也許是不願，或不屑載這件事，只在《文藝新聞》上有一點隱約其辭的文章。那第十一期（五月二十五日）裡，有一篇林莽先生作的《白莽印象記》，中間說：

　　　　他做了好些詩，又譯過匈牙利詩人彼得斐的幾首詩，當時的《奔流》的編輯者魯迅接到了他的投稿，便來信要和他會面，但他卻是不願見名人的人，結果是魯迅自己跑來找他，竭力鼓勵他作文學的工作，但他終於不能坐在亭子間裡寫，又去跑他

的路了。不久，他又一次的被了捕。……

這裡所說的我們的事情其實是不確的。白莽並沒有這麼高慢，他曾經到過我的寓所來，但也不是因為我要求和他會面；我也沒有這麼高慢，對於一位素不相識的投稿者，會輕率的寫信去叫他。我們相見的原因很平常，那時他所投的是從德文譯出的《彼得斐傳》，我就發信去討原文，原文是載在詩集前面的，郵寄不便，他就親自送來了。看去是一個二十多歲的青年，面貌很端正，顏色是黑黑的，當時的談話我已經忘卻，只記得他自說姓徐，象山人；我問他為甚麼代你收信的女士是這麼一個怪名字（怎麼怪法，現在也忘卻了），他說她就喜歡起得這麼怪，羅曼諦克，自己也有些和她不大對勁了。就只剩了這一點。

夜裡，我將譯文和原文粗粗的對了一遍，知道除幾處誤譯之外，還有一個故意的曲譯。他像是不喜歡「國民詩人」這個字的，都改成「民眾詩人」了。第二天又接到他一封來信，說很悔和我相見，他的話多，我的話少，又冷，好像受了一種威壓似的。我便寫一封回信去解釋，說初次相會，說話不多，也是人之常情，並且告訴他不應該由自己的愛憎，將原文改變。因為他的原書留在我這裡了，就將我所藏的兩本集子送給他，問他可能再譯幾首詩，以供讀者的參看。他果然譯了幾首，自己拿來了，我們就談得比第一回多一些。這傳和詩，後來就都登在《奔流》第二卷第五本，即最末的一本裡。

我們第三次相見，我記得是在一個熱天。有人打門了，我去開門時，來的就是白莽，卻穿着一件厚棉袍，汗流滿面，彼此都不禁失笑。這時他才告訴我他是一個革命者，剛由被捕而釋出，衣服和書籍全被沒收了，連我送他的那兩本；身上的袍子是從朋友那裡借來的，沒有夾衫，而必須穿長衣，所以只好這麼出汗。我想，這大約就是林莽先生說的「又一

次的被了捕」的那一次了。

我很欣幸他的得釋，就趕緊付給稿費，使他可以買一件夾衫，但一面又很為我的那兩本書痛惜：落在捕房的手裡，真是明珠投暗了。那兩本書，原是極平常的，一本散文，一本詩集，據德文譯者說，這是他搜集起來的，雖在匈牙利本國，也還沒有這麼完全的本子，然而印在《萊克朗氏萬有文庫》（*Reclam's Universal-Bibliothek*）中，倘在德國，就隨處可得，也值不到一元錢。不過在我是一種寶貝，因為這是三十年前，正當我熱愛彼得斐的時候，特地託丸善書店從德國去買來的，那時還恐怕因為書極便宜，店員不肯經手，開口時非常惴惴。後來大抵帶在身邊，只是情隨事遷，已沒有翻譯的意思了，這回便決計送給這也如我的那時一樣，熱愛彼得斐的詩的青年，算是給它尋得了一個好着落。所以還鄭重其事，託柔石親自送去的。誰料竟會落在「三道頭」之類的手裡的呢，這豈不冤枉！

二

我的決不邀投稿者相見，其實也並不完全因為謙虛，其中含着省事的分子也不少。由於歷來的經驗，我知道青年們，尤其是文學青年們，十之九是感覺很敏，自尊心也很旺盛的，一不小心，極容易得到誤解，所以倒是故意迴避的時候多。見面尚且怕，更不必說敢於託付了。但那時我在上海，也有一個惟一的不但敢於隨便談笑，而且還敢於託他辦點私事的人，那就是送書去給白莽的柔石。

我和柔石最初的相見，不知道是何時，在那裡。他彷彿說過，曾在北京聽過我的講義，那麼，當在八九年之前了。我也忘記了在上海怎麼來往起來，總之，他那時住在景雲里，離我的寓所不過四五家門面，不

知怎麼一來，就來往起來了。大約最初的一回他就告訴我是姓趙，名平復。但他又曾談起他家鄉的豪紳的氣焰之盛，說是有一個紳士，以為他的名字好，要給兒子用，叫他不要用這名字了。所以我疑心他的原名是「平福」，平穩而有福，才正中鄉紳的意，對於「復」字卻未必有這麼熱心。他的家鄉，是台州的寧海，這只要一看他那台州式的硬氣就知道，而且頗有點迂，有時會令我忽而想到方孝孺，覺得好像也有些這模樣的。

他躲在寓裡弄文學，也創作，也翻譯，我們往來了許多日，說得投合起來了，於是另外約定了幾個同意的青年，設立朝花社。目的是在紹介東歐和北歐的文學，輸入外國的版畫，因為我們都以為應該來扶植一點剛健質樸的文藝。接着就印《朝花旬刊》，印《近代世界短篇小說集》，印《藝苑朝華》，算都在循着這條線，只有其中的一本《蕗谷虹兒畫選》，是為了掃蕩上海灘上的「藝術家」，即戳穿葉靈鳳這紙老虎而印的。

然而柔石自己沒有錢，他借了二百多塊錢來做印本。除買紙之外，大部分的稿子和雜務都是歸他做，如跑印刷局，製圖，校字之類。可是往往不如意，說起來皺着眉頭。看他舊作品，都很有悲觀的氣息，但實際上並不然，他相信人們是好的。我有時談到人會怎樣的騙人，怎樣的賣友，怎樣的吮血，他就前額亮晶晶的，驚疑地圓睜了近視的眼睛，抗議道，「會這樣的麼？——不至於此罷？……」

不過朝花社不久就倒閉了，我也不想說清其中的原因，總之是柔石的理想的頭，先碰了一個大釘子，力氣固然白化，此外還得去借一百塊錢來付紙賬。後來他對於我那「人心惟危」說的懷疑減少了，有時也歎息道，「真會這樣的麼？……」但是，他仍然相信人們是好的。

他於是一面將自己所應得的朝花社的殘書送到明日書店和光華書局去，希望還能夠收回幾文錢，一面就拚命的譯書，準備還借款，這就是賣給商務印書館的《丹麥短篇小說集》和戈理基作的長篇小說《阿爾泰莫諾

夫之事業》。但我想，這些譯稿，也許去年已被兵火燒掉了。

他的迂漸漸的改變起來，終於也敢和女性的同鄉或朋友一同去走路了，但那距離，卻至少總有三四尺的。這方法很不好，有時我在路上遇見他，只要在相距三四尺前後或左右有一個年青漂亮的女人，我便會疑心就是他的朋友。但他和我一同走路的時候，可就走得近了，簡直是扶住我，因為怕我被汽車或電車撞死；我這面也為他近視而又要照顧別人擔心，大家都蒼皇失措的愁一路，所以倘不是萬不得已，我是不大和他一同出去的，我實在看得他吃力，因而自己也吃力。

無論從舊道德，從新道德，只要是損己利人的，他就挑選上，自己背起來。

他終於決定地改變了，有一回，曾經明白的告訴我，此後應該轉換作品的內容和形式。我說：這怕難罷，譬如使慣了刀的，這回要他耍棍，怎麼能行呢？他簡潔的答道：只要學起來！

他說的並不是空話，真也在從新學起來了，其時他曾經帶了一個朋友來訪我，那就是馮鏗女士。談了一些天，我對於她終於很隔膜，我疑心她有點羅曼諦克，急於事功；我又疑心柔石的近來要做大部的小說，是發源於她的主張的。但我又疑心我自己，也許是柔石的先前的斬釘截鐵的回答，正中了我那其實是偷懶的主張的傷疤，所以不自覺地遷怒到她身上去了。——我其實也並不比我所怕見的神經過敏而自尊的文學青年高明。

她的體質是弱的，也並不美麗。

三

直到左翼作家聯盟成立之後，我才知道我所認識的白莽，就是在《拓

荒者》上做詩的殷夫。有一次大會時，我便帶了一本德譯的，一個美國的新聞記者所做的中國遊記去送他，這不過以為他可以由此練習德文，另外並無深意。然而他沒有來。我只得又託了柔石。

但不久，他們竟一同被捕，我的那一本書，又被沒收，落在「三道頭」之類的手裡了。

四

明日書店要出一種期刊，請柔石去做編輯，他答應了；書店還想印我的譯著，託他來問版稅的辦法，我便將我和北新書局所訂的合同，抄了一份交給他，他向衣袋裡一塞，匆匆的走了。其時是一九三一年一月十六日的夜間，而不料這一去，竟就是我和他相見的末一回，竟就是我們的永訣。

第二天，他就在一個會場上被捕了，衣袋裡還藏着我那印書的合同，聽說官廳因此正在找尋我。印書的合同，是明明白白的，但我不願意到那些不明不白的地方去辯解。記得《說岳全傳》裡講過一個高僧，當追捕的差役剛到寺門之前，他就「坐化」了，還留下甚麼「何立從東來，我向西方走」的偈子。這是奴隸所幻想的脫離苦海的惟一的好方法，「劍俠」盼不到，最自在的惟此而已。我不是高僧，沒有涅槃的自由，卻還有生之留戀，我於是就逃走。

這一夜，我燒掉了朋友們的舊信札，就和女人抱着孩子走在一個客棧裡。不幾天，即聽得外面紛紛傳我被捕，或是被殺了，柔石的消息卻很少。有的說，他曾經被巡捕帶到明日書店裡，問是否是編輯；有的說，他曾經被巡捕帶往北新書局去，問是否是柔石，手上上了銬，可見案情是重

的。但怎樣的案情，卻誰也不明白。

他在囚繫中，我見過兩次他寫給同鄉的信，第一回是這樣的——

　　我與三十五位同犯（七個女的）於昨日到龍華。並於昨夜上了鐐，開政治犯從未上鐐之紀錄。此案累及太大，我一時恐難出獄，書店事望兄為我代辦之。現亦好，且跟殷夫兄學德文，此事可告周先生；望周先生勿念，我等未受刑。捕房和公安局，幾次問周先生地址，但我那裡知道。諸望勿念。
祝好！

　　　　　　　　　　　　　　　趙少雄　一月二十四日。

以上正面。

　　洋鐵飯碗，要二三隻
　　如不能見面，可將東西
　　望轉交趙少雄

以上背面。

　　他的心情並未改變，想學德文，更加努力；也仍在記念我，像在馬路上行走時候一般。但他信裡有些話是錯誤的，政治犯而上鐐，並非從他們開始，但他向來看得官場還太高，以為文明至今，到他們才開始了嚴酷。其實是不然的。果然，第二封信就很不同，措辭非常慘苦，且說馮女士的面目都浮腫了，可惜我沒有抄下這封信。其時傳說也更加紛繁，說他可以贖出的也有，說他已經解往南京的也有，毫無確信；而用函電來探問我的消息的也多起來，連母親在北京也急得生病了，我只得一一發信去更

正，這樣的大約有二十天。

天氣愈冷了，我不知道柔石在那裡有被褥不？我們是有的。洋鐵碗可曾收到了沒有？……但忽然得到一個可靠的消息，說柔石和其他二十三人，已於二月七日夜或八日晨，在龍華警備司令部被槍斃了，他的身上中了十彈。

原來如此！……

在一個深夜裡，我站在客棧的院子中，周圍是堆着的破爛的雜物；人們都睡覺了，連我的女人和孩子。我沉重的感到我失掉了很好的朋友，中國失掉了很好的青年，我在悲憤中沉靜下去了，然而積習卻從沉靜中抬起頭來，湊成了這樣的幾句：

> 慣於長夜過春時，挈婦將雛鬢有絲。夢裡依稀慈母淚，城頭變幻大王旗。忍看朋輩成新鬼，怒向刀叢覓小詩。吟罷低眉無寫處，月光如水照緇衣。

但末二句，後來不確了，我終於將這寫給了一個日本的歌人。

可是在中國，那時是確無寫處的，禁錮得比罐頭還嚴密。我記得柔石在年底曾回故鄉，住了好些時，到上海後很受朋友的責備。他悲憤的對我說，他的母親雙眼已經失明了，要他多住幾天，他怎麼能夠就走呢？我知道這失明的母親的眷眷的心，柔石的拳拳的心。當《北斗》創刊時，我就想寫一點關於柔石的文章，然而不能夠，只得選了一幅珂勒惠支（Käthe Kollwitz）夫人的木刻，名曰《犧牲》，是一個母親悲哀地獻出她的兒子去的，算是只有我一個人心裡知道的柔石的記念。

同時被難的四個青年文學家之中，李偉森我沒有會見過，胡也頻在上海也只見過一次面，談了幾句天。較熟的要算白莽，即殷夫了，他曾經

和我通過信，投過稿，但現在尋起來，一無所得，想必是十七那夜統統燒掉了，那時我還沒有知道被捕的也有白莽。然而那本《彼得斐詩集》卻在的，翻了一遍，也沒有甚麼，只在一首「Wahlspruch」（格言）的旁邊，有鋼筆寫的四行譯文道：

> 生命誠寶貴，
> 　愛情價更高；
> 若為自由故，
> 　二者皆可拋！

又在第二葉上，寫着「徐培根」三個字，我疑心這是他的真姓名。

五

前年的今日，我避在客棧裡，他們卻是走向刑場了；去年的今日，我在炮聲中逃在英租界，他們則早已埋在不知那裡的地下了；今年的今日，我才坐在舊寓裡，人們都睡覺了，連我的女人和孩子。我又沉重的感到我失掉了很好的朋友，中國失掉了很好的青年，我在悲憤中沉靜下去了，不料積習又從沉靜中抬起頭來，寫下了以上那些字。

要寫下去，在中國的現在，還是沒有寫處的。年青時讀向子期《思舊賦》，很怪他為甚麼只有寥寥的幾行，剛開頭卻又煞了尾。然而，現在我懂得了。

不是年青的為年老的寫記念，而在這三十年中，卻使我目睹許多青年的血，層層淤積起來，將我埋得不能呼吸，我只能用這樣的筆墨，寫幾

句文章，算是從泥土中挖一個小孔，自己延口殘喘，這是怎樣的世界呢。夜正長，路也正長，我不如忘卻，不說的好罷。但我知道，即使不是我，將來總會有記起他們，再說他們的時候的。……

二月七－八日。

（按：本文寫於一九三三年，選自《南腔北調集》）

憶韋素園君

　　我也還有記憶的，但是，零落得很。我自己覺得我的記憶好像被刀刮過了的魚鱗，有些還留在身體上，有些是掉在水裡了，將水一攪，有幾片還會翻騰，閃爍，然而中間混着血絲，連我自己也怕得因此污了賞鑑家的眼目。

　　現在有幾個朋友要記念韋素園君，我也須說幾句話。是的，我是有這義務的。我只好連身外的水也攪一下，看看泛起怎樣的東西來。

　　怕是十多年之前了罷，我在北京大學做講師，有一天，在教師豫備室裡遇見了一個頭髮和鬍子統統長得要命的青年，這就是李霽野。我的認識素園，大約就是霽野紹介的罷，然而我忘記了那時的情景。現在留在記憶裡的，是他已經坐在客店的一間小房子裡計劃出版了。

　　這一間小房子，就是未名社。

　　那時我正在編印兩種小叢書，一種是《烏合叢書》，專收創作，一種是《未名叢刊》，專收翻譯，都由北新書局出版。出版者和讀者的不喜歡翻譯書，那時和現在也並不兩樣，所以《未名叢刊》是特別冷落的。恰

巧，素園他們願意紹介外國文學到中國來，便和李小峰商量，要將《未名叢刊》移出，由幾個同人自辦。小峰一口答應了，於是這一種叢書便和北新書局脫離。稿子是我們自己的，另籌了一筆印費，就算開始。因這叢書的名目，連社名也就叫了「未名」——但並非「沒有名目」的意思，是「還沒有名目」的意思，恰如孩子的「還未成丁」似的。

　　未名社的同人，實在並沒有甚麼雄心和大志，但是，願意切切實實的，點點滴滴的做下去的意志，卻是大家一致的。而其中的骨幹就是素園。

　　於是他坐在一間破小屋子，就是未名社裡辦事了，不過小半好像也因為他生着病，不能上學校去讀書，因此便天然的輪着他守寨。

　　我最初的記憶是在這破寨裡看見了素園，一個瘦小，精明，正經的青年，窗前的幾排破舊外國書，在證明他窮着也還是釘住着文學。然而，我同時又有了一種壞印象，覺得和他是很難交往的，因為他笑影少。「笑影少」原是未名社同人的一種特色，不過素園顯得最分明，一下子就能夠令人感得。但到後來，我知道我的判斷是錯誤了，和他也並不難於交往。他的不很笑，大約是因為年齡的不同，對我的一種特別態度罷，可惜我不能化為青年，使大家忘掉彼我，得到確證了。這真相，我想，霽野他們是知道的。

　　但待到我明白了我的誤解之後，卻同時又發見了一個他的致命傷：他太認真；雖然似乎沉靜，然而他激烈。認真會是人的致命傷的麼？至少，在那時以至現在，可以是的。一認真，便容易趨於激烈，發揚則送掉自己的命，沉靜着，又嚙碎了自己的心。

　　這裡有一點小例子。——我們是只有小例子的。

那時候，因為段祺瑞總理和他的幫閒們的迫壓，我已經逃到廈門，但北京的狐虎之威還正是無窮無盡。段派的女子師範大學校長林素園，帶兵接收學校去了，演過全副武行之後，還指留着的幾個教員為「共產黨」。這個名詞，一向就給有些人以「辦事」上的便利，而且這方法，也是一種老譜，本來並不希罕的。但素園卻好像激烈起來了，從此以後，他給我的信上，有好一晌竟憎惡「素園」兩字而不用，改稱為「漱園」。同時社內也發生了衝突，高長虹從上海寄信來，説素園壓下了向培良的稿子，叫我講一句話。我一聲也不響。於是在《狂飆》上罵起來了，先罵素園，後是我。素園在北京壓下了培良的稿子，卻由上海的高長虹來抱不平，要在廈門的我去下判斷，我頗覺得是出色的滑稽，而且一個團體，雖是小小的文學團體罷，每當光景艱難時，內部是一定有人起來搗亂的，這也並不希罕。然而素園卻很認真，他不但寫信給我，敘述着詳情，還作文登在雜誌上剖白。在「天才」們的法庭上，別人剖白得清楚的麼？——我不禁長長的歎了一口氣，想到他只是一個文人，又生着病，卻這麼拚命的對付着內憂外患，又怎麼能夠持久呢。自然，這僅僅是小憂患，但在認真而激烈的個人，卻也相當的大的。

　　不久，未名社就被封，幾個人還被捕。也許素園已經咯血，進了病院了罷，他不在內。但後來，被捕的釋放，未名社也啟封了，忽封忽啟，忽捕忽放，我至今還不明白這是怎麼的一個玩意。

　　我到廣州，是第二年——一九二七年的秋初，仍舊陸續的接到他幾封信，是在西山病院裡，伏在枕頭上寫就的，因為醫生不允許他起坐。他措辭更明顯，思想也更清楚，更廣大了，但也更使我擔心他的病。有一天，我忽然接到一本書，是布面裝訂的素園翻譯的《外套》。我一看明白，就打了一個寒噤：這明明是他送給我的一個記念品，莫非他已經自覺了生命

的期限了麼？

我不忍再翻閱這一本書，然而我沒有法。

我因此記起，素園的一個好朋友也咯過血，一天竟對着素園咯起來，他慌張失措，用了愛和憂急的聲音命令道：「你不許再吐了！」我那時卻記起了伊孛生的「勃蘭特」。他不是命令過去的人，從新起來，卻並無這神力，只將自己埋在崩雪下面的麼？……

我在空中看見了勃蘭特和素園，但是我沒有話。

一九二九年五月末，我最以為僥倖的是自己到西山病院去，和素園談了天。他為了日光浴，皮膚被曬得很黑了，精神卻並不萎頓。我們和幾個朋友都很高興。但我在高興中，又時時夾着悲哀：忽而想到他的愛人，已由他同意之後，和別人訂了婚；忽而想到他竟連紹介外國文學給中國的一點志願，也怕難於達到；忽而想到他在這裡靜臥着，不知道他自以為是在等候痊癒，還是等候滅亡；忽而想到他為甚麼要寄給我一本精裝的《外套》？……

壁上還有一幅陀思妥也夫斯基的大畫像。對於這先生，我是尊敬，佩服的，但我又恨他殘酷到了冷靜的文章。他佈置了精神上的苦刑，一個個拉了不幸的人來，拷問給我們看。現在他用沉鬱的眼光，凝視着素園和他的臥榻，好像在告訴我：這也是可以收在作品裡的不幸的人。

自然，這不過是小不幸，但在素園個人，是相當的大的。

一九三二年八月一日晨五時半，素園終於病歿在北平同仁醫院裡了，一切計劃，一切希望，也同歸於盡。我所抱憾的是因為避禍，燒去了他的信札，我只能將一本《外套》當作惟一的記念，永遠放在自己的身邊。

自素園病歿之後，轉眼已是兩年了，這其間，對於他，文壇上並沒有人開口。這也不能算是希罕的，他既非天才，也非豪傑，活的時候，既不過在默默中生存，死了之後，當然也只好在默默中泯沒。但對於我們，卻是值得記念的青年，因為他在默默中支持了未名社。

未名社現在是幾乎消滅了，那存在期，也並非長久。然而自素園經營以來，紹介了果戈理（N. Gogol），陀思妥也夫斯基（F. Dostoyevsky），安特列夫（L. Andreev），紹介了望·藹覃（F. van Eeden），紹介了愛倫堡（I. Ehrenburg）的《煙袋》和拉夫列涅夫（B. Lavrenyov）的《四十一》。還印行了《未名新集》，其中有叢蕪的《君山》，靜農的《地之子》和《建塔者》，我的《朝花夕拾》，在那時候，也都還算是相當可看的作品。事實不為輕薄陰險小兒留情，曾幾何年，他們就都已煙消火滅，然而未名社的譯作，在文苑裡卻至今沒有枯死的。

是的，但素園卻並非天才，也非豪傑，當然更不是高樓的尖頂，或名園的美花，然而他是樓下的一塊石材，園中的一撮泥土，在中國第一要他多。他不入於觀賞者的眼中，只有建築者和栽植者，決不會將他置之度外。

文人的遭殃，不在生前的被攻擊和被冷落，一瞑之後，言行兩亡，於是無聊之徒，謬託知己，是非蜂起，既以自炫，又以賣錢，連死屍也成了他們的沽名獲利之具，這倒是值得悲哀的。現在我以這幾千字記念我所熟識的素園，但願還沒有營私肥己的處所，此外也別無話說了。

我不知道以後是否還有記念的時候，倘止於這一次，那麼，素園，從此別了！

一九三四年七月十六之夜，魯迅記。

（按：本文選自《且介亭雜文》）

雜文

魯迅説:「我只在深夜的街頭擺着一個地攤,所有的無非幾

個小釘,幾個瓦碟,但也希望,並且相信有些人會從中尋出

合於他的用處的東西。」

【說明】

本書所選雜文，約略依內容或體式分成四組。

第一組以短評隨感或警句的形式，揭示出關於生命、生活、社會的所感所思。《隨感錄（四十九）》用筆雋利，《雜感》形象奇特，《答中學生雜誌社問》反詰見意。俱思想深刻，感受深沉，說理一針見血。

第二組借物見理，以小喻大，正是「戰鬥的小品文」筆法。《戰士和蒼蠅》的用意，作者自己道出：「所謂戰士者，是指中山先生和民元前後殉國反受奴才們譏笑糟蹋的先烈，蒼蠅則當然指奴才們。」（《集外集拾遺·這是這麼一個意思》）但形象所顯示的普遍意義，顯然超出個別事例。《扁》活用了民間笑話，諷刺空談的論客。《看變戲法》就眼下常見的江湖戲法，看出世界的悲哀。

第三組題材為文人與文藝評論，而關涉到更廣的人生及國民性等問題，也提出革新的方向。《論睜了眼看》指出中國人「瞞和欺」的習性，寄望於新的作者大膽地看取人生並寫出它的血肉。《從諷刺到幽默》，道出改變社會的要求。《再論文人相輕》，從揭穿所謂「相輕」的謬妄，進而論及文人應該有分明的是非和熱烈的愛憎。魯迅主張文學「為人生」，談文學問題往往同時是談人生重要問題。

第四組是魯迅所稱的「文明批評」。他寫過多篇旨在破壞「有害於新」的「舊物」的激烈文章，但他同時強調「我們要革新的破壞者，因為他內心有理想的光」（《墳·再論雷峰塔的倒掉》）。可見他對中國古代文化並非一概打倒。他主要針對當前的弊病，而挖出歷史的病根。他對古代文明採取批判的態度，優點並不抹煞。這裡選錄的三篇，都對古代文化、古人經驗，有所肯定，但也着意於剔除缺點。《看鏡有感》從古銅鏡說開去，讚揚漢唐弘放的魄力，指斥後世保守而失去活氣。《經驗》說明古人經驗

有可貴的，因為付出過犧牲，但也要提防壞影響。《中國人失掉自信力了嗎》是有所針對而作。事緣一九三一年「九‧一八」事變，日本侵略我國東北，政府曾寄望國際聯盟主持公道，但國聯調查團竟認為日本之舉「正當而合法」。一九三四年，有些社會名流舉辦法會，求神拜佛，祈求解救國難。輿論界遂有中國人失掉自信力之歎。魯迅為文回應，既針砭國人的「自欺」，更強調「我們有並不失掉自信力的中國人在」，從古以來，這是「中國的脊樑」。可見魯迅的文明批評是跟「愛國之情」和「理想的光」統一起來的。

隨感錄（四十九）

　　凡有高等動物，倘沒有遇着意外的變故，總是從幼到壯，從壯到老，從老到死。

　　我們從幼到壯，既然毫不為奇的過去了；自此以後，自然也毫不為奇的過去。

　　可惜有一種人，從幼到壯，居然也毫不為奇的過去了；從壯到老，便有點古怪；從老到死，卻更奇想天開，要佔盡了少年的道路，吸盡了少年的空氣。

　　少年在這時候，只能先行萎黃，且待將來老了，神經血管一切變質以後，再來活動。所以社會上的狀態，先是「少年老成」；直待彎腰曲背時期，才更加「逸興遄飛」，似乎從此以後，才上了做人的路。

　　可是究竟也不能自忘其老；所以想求神仙。大約別的都可以老，只有自己不肯老的人物；總該推中國老先生算一甲一名。

　　萬一當真成了神仙，那便永遠請他主持，不必再有後進，原也是極好的事。可惜他又究竟不成，終於個個死去，只留下造成的老天地，教少年駝着吃苦。

　　這真是生物界的怪現象！

我想種族的延長，——便是生命的連續，——的確是生物界事業裡的一大部分。何以要延長呢？不消說是想進化了。但進化的途中總須新陳代謝。所以新的應該歡天喜地的向前走去，這便是壯，舊的也應該歡天喜地的向前走去，這便是死；各各如此走去，便是進化的路。

　　老的讓開道，催促着，獎勵着，讓他們走去。路上有深淵，便用那個死填平了，讓他們走去。

　　少的感謝他們填了深淵，給自己走去；老的也感謝他們從我填平的深淵上走去。——遠了遠了。

　　明白這事，便從幼到壯到老到死，都歡歡喜喜的過去；而且一步一步；多是超過祖先的新人。

　　這是生物界正當開闊的路！人類的祖先，都已這樣做了。

（按：本文寫於一九一九年，選自《熱風》）

雜感

　　人們有淚，比動物進化，但即此有淚，也就是不進化，正如已經只有盲腸，比鳥類進化，而究竟還有盲腸，終不能很算進化一樣。凡這些，不但是無用的贅物，還要使其人達到無謂的滅亡。

　　現今的人們還以眼淚贈答，並且以這為最上的贈品，因為他此外一無所有。無淚的人則以血贈答，但又各各拒絕別人的血。

　　人大抵不願意愛人下淚。但臨死之際，可能也不願意愛人為你下淚麼？無淚的人無論何時，都不願意愛人下淚，並且連血也不要：他拒絕一切為他的哭泣和滅亡。

　　人被殺於萬眾聚觀之中，比被殺在「人不知鬼不覺」的地方快活，因為他可以妄想，博得觀眾中的或人的眼淚。但是，無淚的人無論被殺在甚麼所在，於他並無不同。

　　殺了無淚的人，一定連血也不見。愛人不覺他被殺之慘，仇人也終於得不到殺他之樂：這是他的報恩和復仇。

　　死於敵手的鋒刃，不足悲苦；死於不知何來的暗器，卻是悲苦。但最悲苦的是死於慈母或愛人誤進的毒藥，戰友亂發的流彈，病菌的並無惡

意的侵入，不是我自己制定的死刑。

　　仰慕往古的，回往古去罷！想出世的，快出世罷！想上天的，快上天罷！靈魂要離開肉體的，趕快離開罷。現在的地上，應該是執着現在，執着地上的人們居住的。

　　但厭惡現世的人們還住着。這都是現世的仇讎，他們一日存在，現世即一日不能得救。

　　先前，也曾有些願意活在現世而不得的人們，沉默過了，呻吟過了，歎息過了，哭泣過了，哀求過了，但仍然願意活在現世而不得，因為他們忘卻了憤怒。

　　勇者憤怒，抽刃向更強者；怯者憤怒，卻抽刃向更弱者。不可救藥的民族中，一定有許多英雄，專向孩子們瞪眼。這些孱頭們！

　　孩子們在瞪眼中長大了，又向別的孩子們瞪眼，並且想：他們一生都過在憤怒中。因為憤怒只是如此，所以他們要憤怒一生，——而且還要憤怒二世，三世，四世，以至末世。

　　無論愛甚麼，——飯、異性、國、民族、人類等等，——只有糾纏如毒蛇，執着如怨鬼，二六時中，沒有已時者有望。但太覺疲勞時，也無妨休息一會罷；但休息之後，就再來一回罷，而且兩回，三回……。血書，章程，請願，講學，哭，電報，開會，輓聯，演說，神經衰弱，則一切無用。

　　血書所能掙來的是甚麼？不過就是你的一張血書，況且並不好看。至於神經衰弱，其實倒是自己生了病，你不要再當作寶貝了，我的可敬愛而討厭的朋友呀！

　　我們聽到呻吟，歎息，哭泣，哀求，無須吃驚。見了酷烈的沉默，就應該留心了；見有甚麼像毒蛇似的在屍林中蜿蜒，怨鬼似的在黑暗中奔

馳，就更應該留心了：這在豫告「真的憤怒」將要到來。那時候，仰慕往古的就要回往古去了，想出世的要出世去了，想上天的要上天了，靈魂要離開肉體的就要離開了！……

五月五日

（按：本文寫於一九二五年，選自《華蓋集》）

答中學生雜誌社問

「假如先生面前站着一個中學生，處此內憂外患交迫的非常時代，將對他講怎樣的話，作努力的方針？」

編輯先生：

請先生也許我回問你一句，就是：我們現在有言論的自由麼？假如先生說「不」，那麼我知道一定也不會怪我不作聲的。假如先生竟以「面前站着一個中學生」之名，一定要逼我說一點，那麼，我說：第一步要努力爭取言論的自由。

（按：本文寫於一九三一年十一月二十七日，選自《二心集》）

戰士和蒼蠅

Schopenhauer 説過這樣的話：要估定人的偉大，則精神上的大和體格上的大，那法則完全相反。後者距離愈遠即愈小，前者卻見得愈大。

正因為近則愈小，而且愈看見缺點和創傷，所以他就和我們一樣，不是神道，不是妖怪，不是異獸。他仍然是人，不過如此。但也惟其如此，所以他是偉大的人。

戰士戰死了的時候，蒼蠅們所首先發見的是他的缺點和傷痕，嘬着，營營地叫着，以為得意，以為比死了的戰士更英雄。但是戰士已經戰死了，不再來揮去牠們。於是乎蒼蠅們即更其營營地叫，自以為倒是不朽的聲音，因為牠們的完全，遠在戰士之上。

的確的，誰也沒有發見過蒼蠅們的缺點和創傷。

然而，有缺點的戰士終竟是戰士，完美的蒼蠅也終竟不過是蒼蠅。

去罷，蒼蠅們！雖然生着翅子，還能營營，總不會超過戰士的。你們這些蟲豸們！

三月二十一日。

（按：本文寫於一九二五年，選自《華蓋集》）

扁

　　中國文藝界上可怕的現象,是在盡先輸入名詞,而並不紹介這名詞的函義。

　　於是各各以意為之。看見作品上多講自己,便稱之為表現主義;多講別人,是寫實主義;見女郎小腿肚作詩,是浪漫主義;見女郎小腿肚不准作詩,是古典主義;天上掉下一顆頭,頭上站着一頭牛,愛呀,海中央的青霹靂呀⋯⋯是未來主義⋯⋯等等。

　　還要由此生出議論來。這個主義好,那個主義壞⋯⋯等等。

　　鄉間一向有一個笑談:兩位近視眼要比眼力,無可質證,便約定到關帝廟去看這一天新掛的扁額。他們都從漆匠探得字句。但因為探來的詳略不同,只知道大字的那一個便不服,爭執起來了,說看見小字的人是說謊的。又無可質證,只好一同探問一個過路的人。那人望了一望,回答道:「甚麼也沒有。扁還沒有掛哩。」

　　我想,在文藝批評上要比眼力,也總得先有那塊扁額掛起來才行。空空洞洞的爭,實在只有兩面自己心裡明白。

四月十日。

（按:本文寫於一九二八年,選自《三閒集》）

我愛看「變戲法」。

他們是走江湖的，所以各處的戲法都一樣。為了斂錢，一定有兩種必要的東西：一隻黑熊，一個小孩子。

黑熊餓得真瘦，幾乎連動彈的力氣也快沒有了。自然，這是不能使牠強壯的，因為一強壯，就不能駕馭。現在是半死不活，卻還要用鐵圈穿了鼻子，再用索子牽着做戲。有時給吃一點東西，是一小塊水泡的饅頭皮，但還將勺子擎得高高的，要牠站起來，伸頭張嘴，許多工夫才得落肚，而變戲法的則因此集了一些錢。

這熊的來源，中國沒有人提到過。據西洋人的調查，說是從小時候，由山裡捉來的；大的不能用，因為一大，就總改不了野性。但雖是小的，也還須「訓練」，這「訓練」的方法，是「打」和「餓」；如後來，則是因虐待而死亡。我以為這話是的確的，我們看牠還在活着做戲的時候，就瘦得連熊氣息也沒有了，有些地方，竟稱之為「狗熊」，其被蔑視至於如此。

孩子在場面上也要吃苦，或者大人踏在他肚子上，或者將他的兩手扭過來，他就顯出很苦楚，很為難，很吃重的相貌，要看客解救。六個，

五個，再四個，三個⋯⋯而變戲法的就又集了一些錢。

他自然也曾經訓練過，這苦痛是裝出來的，和大人串通的勾當，不過也無礙於賺錢。

下午敲鑼開場，這樣的做到夜，收場，看客走散，有化了錢的，有終於不化錢的。

每當收場，我一面走，一面想：兩種生財傢伙，一種是要被虐待至死的，再尋幼小的來；一種是大了之後，另尋一個小孩子和一隻小熊，仍舊來變照樣的戲法。

事情真是簡單得很，想一下，就好像令人索然無味。然而我還是常常看。此外叫我看甚麼呢，諸君？

十月一日。

（按：本文寫於一九三三年，選自《准風月談》）

論睜了眼看

　　虛生先生所做的時事短評中，曾有一個這樣的題目：《我們應該有正眼看各方面的勇氣》（《猛進》十九期）。誠然，必須敢於正視，這才可望敢想、敢說、敢做、敢當。倘使並正視而不敢，此外還能成甚麼氣候。然而，不幸這一種勇氣，是我們中國人最所缺乏的。

　　但現在我所想到的是別一方面——

　　中國的文人，對於人生，——至少是對於社會現象，向來就多沒有正視的勇氣。我們的聖賢，本來早已教人「非禮勿視」的了；而這「禮」又非常之嚴，不但「正視」，連「平視」、「斜視」也不許。現在青年的精神未可知，在體質，卻大半還是彎腰曲背，低眉順眼，表示着老牌的老成的子弟，馴良的百姓，——至於說對外卻有大力量，乃是近一月來的新說，還不知道究竟是如何。

　　再回到「正視」問題去：先既不敢，後便不能，再後，就自然不視，不見了。一輛汽車壞了，停在馬路上，一群人圍着呆看，所得的結果是一團烏油油的東西。然而由本身的矛盾或社會的缺陷所生的苦痛，雖不正視，卻要身受的。文人究竟是敏感人物，從他們的作品上看來，有些人確也早已感到不滿，可是一到快要顯露缺陷的危機一髮之際，他們總即刻連

説「並無其事」，同時便閉上了眼睛。這閉着的眼睛便看見一切圓滿，當前的苦痛不過是「天之將降大任於是人也，必先苦其心志，勞其筋骨，餓其體膚，空乏其身，行拂亂其所為」。於是無問題，無缺陷，無不平，也就無解決，無改革，無反抗。因為凡事總要「團圓」，正無須我們焦躁；放心喝茶，睡覺大吉。再説費話，就有「不合時宜」之咎，免不了要受大學教授的糾正了。呸！

我並未實驗過，但有時候想：倘將一位久蟄洞房的老太爺拋在夏天正午的烈日底下，或將不出閨門的千金小姐拖到曠野的黑夜裡，大概只好閉了眼睛，暫續他們殘存的舊夢，總算並沒有遇到暗或光，雖然已經是絕不相同的現實。中國的文人也一樣，萬事閉眼睛，聊以自欺，而且欺人，那方法是：瞞和騙。

中國婚姻方法的缺陷，才子佳人小説作家早就感到了，他於是使一個才子在壁上題詩，一個佳人便來和，由傾慕——現在就得稱戀愛——而至於有「終身之約」。但約定之後，也就有了難關。我們都知道，「私訂終身」在詩和戲曲或小説上尚不失為美談（自然只以與終於中狀元的男人私訂為限）。實際卻不容於天下的，仍然免不了要離異。明末的作家便閉上眼睛，並這一層也加以補救了，説是：才子及第，奉旨成婚。「父母之命媒妁之言」經這大帽子來一壓，便成了半個鉛錢也不值，問題也一點沒有了。假使有之，也只在才子的能否中狀元，而決不在婚姻制度的良否。

（近來有人以為新詩人的做詩發表，是在出風頭，引異性；且遷怒於報章雜誌之濫登。殊不知即使無報，牆壁實「古已有之」，早做過發表機關了；據《封神演義》，紂王已曾在女媧廟壁上題詩，那起源實在非常之早。報章可以不取白話，或排斥小詩，牆壁卻拆不完，管不及的；倘一律刷成黑色，也還有破磁可劃，粉筆可書，真是窮於應付。做詩不刻木板，去藏之名山，卻要隨時發表，雖然很有流弊，但大概是難以杜絕的罷。）

《紅樓夢》中的小悲劇，是社會上常有的事，作者又是比較的敢於實寫的，而那結果也並不壞。無論賈氏家業再振，蘭桂齊芳，即寶玉自己，也成了個披大紅猩猩氈斗篷的和尚。和尚多矣，但披這樣闊斗篷的能有幾個，已經是「入聖超凡」無疑了。至於別的人們，則早在冊子裡一一注定，末路不過是一個歸結：是問題的結束，不是問題的開頭。讀者即小有不安，也終於奈何不得。然而後來或續或改，非借屍還魂，即冥中另配，必令「生旦當場團圓」，才肯放手者，乃是自欺欺人的癮太大，所以看了小小騙局，還不甘心，定須閉眼胡說一通而後快。赫克爾（E. Haeckel）說過：人和人之差，有時比類人猿和原人之差還遠。我們將《紅樓夢》的續作者和原作者一比較，就會承認這話大概是確實的。

「作善降祥」的古訓，六朝人本已有些懷疑了，他把作墓誌，竟會說「積善不報，終自欺人」的話。但後來的昏人，卻又瞞起來。元劉信將三歲痴兒拋入蘸紙火盆，妄希福祐，是見於《元典章》的；劇本《小張屠焚兒救母》卻道是為母延命，命得延，兒亦不死了。一女願侍痼疾之夫，《醒世恆言》中還說終於一同自殺的；後來改作的卻道是有蛇墜入藥罐裡，丈夫服後便痊癒了。凡有缺陷，一經作者粉飾，後半便大抵改觀，使讀者落誣妄中，以為世間委實儘夠光明，誰有不幸，便是自做，自受。

有時遇到彰明的史實，瞞不下，如關羽岳飛的被殺，便只好別設騙局了。一是前世已造夙因，如岳飛；一是死後使他成神，如關羽。定命不可逃，成神的善報更滿人意，所以殺人者不足責，被殺者也不足悲，冥冥中自有安排，使他們各得其所，正不必別人來費力了。

中國人的不敢正視各方面，用瞞和騙，造出奇妙的逃路來，而自以為正路。在這路上，就證明着國民性的怯弱、懶惰，而又巧滑。一天一天的滿足着，即一天一天的墮落着，但卻又覺得日見其光榮。在事實上，亡國一次，即添加幾個殉難的忠臣，後來每不想光復舊物，而只去讚美那

幾個忠臣；遭劫一次，即造成一群不辱的烈女，事過之後，也每每不思懲兇，自衞，卻只顧歌詠那一群烈女。彷彿亡國遭劫的事，反而給中國人發揮「兩間正氣」的機會，增高價值，即在此一舉，應該一任其至，不足憂悲似的。自然，此上也無可為，因為我們已經藉死人獲得最上的光榮了。滬漢烈士的追悼會中，活的人們在一塊很可景仰的高大的木主下互相打罵，也就是和我們的先輩走着同一的路。

文藝是國民精神所發的火光，同時也是引導國民精神的前途的燈火。這是互為因果的，正如麻油從芝麻榨出，但以浸芝麻，就使它更油。倘以油為上，就不必説；否則，當參入別的東西，或水或鹼去。中國人向來因為不敢正視人生，只好瞞和騙，由此也生出瞞和騙的文藝來，由這文藝，更令中國人更深地陷入瞞和騙的大澤中，甚而至於已經自己不覺得。世界日日改變，我們的作家取下假面，真誠地，深入地，大膽地看取人生並且寫出他的血和肉來的時候早到了；早就應該有一片嶄新的文場，早就應該有幾個兇猛的闖將！

現在，氣象似乎一變，到處聽不見歌吟花月的聲音了，代之而起的是鐵和血的讚頌。然而倘以欺瞞的心，用欺瞞的嘴，則無論説 A 和 O，或 Y 和 Z，一樣是虛假的；只可以嚇啞了先前鄙薄花月的所謂批評家的嘴，滿足地以為中國就要中興。可憐他在「愛國」的大帽子底下又閉上了眼睛了——或者本來就閉着。

沒有衝破一切傳統思想和手法的闖將，中國是不會有真的新文藝的。

一九二五年七月二十二日。

（按：本文選自《墳》）

從諷刺到幽默

諷刺家，是危險的。

假使他所諷刺的是不識字者，被殺戮者，被囚禁者，被壓迫者罷，那很好，正可給讀他文章的所謂有教育的智識者嘻嘻一笑，更覺得自己的勇敢和高明。然而現今的諷刺家之所以為諷刺家，卻正在諷刺這一流所謂有教育的智識者社會。

因為所諷刺的是這一流社會，其中的各分子便各各覺得好像刺着了自己，就一個個的暗暗的迎出來，又用了他們的諷刺，想來刺死這諷刺者。

最先是說他冷嘲，漸漸的又七嘴八舌的說他謾罵，俏皮話，刻毒，可惡，學匪，紹興師爺，等等，等等。然而諷刺社會的諷刺，卻往往仍然會「悠久得驚人」的，即使捧出了做過和尚的洋人或專辦了小報來打擊，也還是沒有效，這怎不氣死人也麼哥呢！

樞紐是在這裡：他所諷刺的是社會，社會不變，這諷刺就跟着存在，而你所刺的是他個人，他的諷刺倘存在，你的諷刺就落空了。

所以，要打倒這樣的可惡的諷刺家，只好來改變社會。

然而社會諷刺家究竟是危險的，尤其是在有些「文學家」明明暗暗

的成了「王之爪牙」的時代。人們誰高興做「文字獄」中的主角呢，但倘不死絕，肚子裡總還有半口悶氣，要借着笑的幌子，哈哈的吐他出來。笑笑既不至於得罪別人，現在的法律上也尚無國民必須哭喪着臉的規定，並非「非法」，蓋可斷言的。

　　我想：這便是去年以來，文字上流行了「幽默」的原因，但其中單是「為笑笑而笑笑」的自然也不少。

　　然而這情形恐怕是過不長久的，「幽默」既非國產，中國人也不是長於「幽默」的人民，而現在又實在是難以幽默的時候。於是雖幽默也就免不了改變樣子了，非傾於對社會的諷刺，即墮入傳統的「說笑話」和「討便宜」。

三月二日。

（按：本文寫於一九三三年，選自《偽自由書》）

再論文人相輕

　　今年的所謂「文人相輕」，不但是混淆黑白的口號，掩護着文壇的昏暗，也在給有一些人「掛着羊頭賣狗肉」的。

　　真的「各以所長，相輕所短」的能有多少呢！我們在近幾年所遇見的，有的是「以其所短，輕人所短」。例如白話文中，有些是詰屈難讀的，確是一種「短」，於是有人提了小品或語錄，向這一點昂然進攻了，但不久就露出尾巴來，暴露了他連對於自己所提倡的文章，也常常點着破句，「短」得很。有的卻簡直是「以其所短，輕人所長」了。例如輕蔑「雜文」的人，不但他所用的也是「雜文」，而他的「雜文」，比起他所輕蔑的別的「雜文」來，還拙劣到不能相提並論。那些高談闊論，不過是契訶夫（A. Chekhov）所指出的登了不識羞的頂顛，傲視着一切，被輕者是無福和他們比較的，更從甚麼地方「相」起？現在謂之「相」，其實是給他們一揚，靠了這「相」，也是「文人」了。然而，「所長」呢？

　　況且現在文壇上的糾紛，其實也並不是為了文筆的短長。文學的修養，決不能使人變成木石，所以文人還是人，既然還是人，他心裡就仍然有是非，有愛憎；但又因為是文人，他的是非就愈分明，愛憎也愈熱烈。從聖賢一直敬到騙子屠夫，從美人香草一直愛到麻瘋病菌的文人，在這世

界上是找不到的，遇見所是和所愛的，他就擁抱，遇見所非和所憎的，他就反撥。如果第三者不以為然了，可以指出他所非的其實是「是」，他所憎的其實該愛來，單用了籠統的「文人相輕」這一句空話，是不能抹殺的，世間還沒有這種便宜事。一有文人，就有糾紛，但到後來，誰是誰非，孰存孰亡，都無不明明白白。因為還有一些讀者，他的是非愛憎，是比和事老的評論家還要清楚的。

然而，又有人來恐嚇了。他説，你不怕麼？古之嵇康，在柳樹下打鐵，鍾會來看他，他不客氣，問道：「何所聞而來，何所見而去？」於是得罪了鍾文人，後來被他在司馬懿面前搬是非，送命了。所以你無論遇見誰，應該趕緊打拱作揖，讓坐獻茶，連稱「久仰久仰」才是。這自然也許未必全無好處，但做文人做到這地步，不是很有些近乎婊子了麼？況且這位恐嚇家的舉例，其實也是不對的，嵇康的送命，並非為了他是傲慢的文人，大半倒因為他是曹家的女婿，即使鍾會不去搬是非，也總有人去搬是非的，所謂「重賞之下，必有勇夫」者是也。

不過我在這裡，並非主張文人應該傲慢，或不妨傲慢，只是説，文人不應該隨和；而且文人也不會隨和，會隨和的，只有和事老。但這不隨和，卻又並非迴避，只是唱着所是，頌着所愛，而不管所非和所憎；他得像熱烈地主張着所是一樣，熱烈地攻擊着所非，像熱烈地擁抱着所愛一樣，更熱烈地擁抱着所憎——恰如赫爾庫來斯（Hercules）的緊抱了巨人安太烏斯（Antaeus）一樣，因為要折斷他的肋骨。

五月五日。

（按：本文寫於一九三五年，選自《且介亭雜文二集》）

看鏡有感

因為翻衣箱，翻出幾面古銅鏡子來，大概是民國初年初到北京時候買在那裡的，「情隨事遷」，全然忘卻，宛如見了隔世的東西了。

一面圓徑不過二寸，很厚重，背面滿刻蒲陶，還有跳躍的鼯鼠，沿邊是一圈小飛禽。古董店家都稱為「海馬葡萄鏡」。但我的一面並無海馬，其實和名稱不相當。記得曾見過別一面，是有海馬的，但貴極，沒有買。這些都是漢代的鏡子；後來也有模造或翻沙者，花紋可造粗拙得多了。漢武通大宛、安息，以致天馬蒲萄，大概當時是視為盛事的，所以便取作什器的裝飾。古時，於外來物品，每加海字，如海榴，海紅花，海棠之類。海即現在之所謂洋，海馬譯成今文，當然就是洋馬。鏡鼻是一個蝦蟆，則因為鏡如滿月，月中有蟾蜍之故，和漢事不相干了。

遙想漢人多少弘放，新來的動植物，即毫不拘忌，來充裝飾的花紋。唐人也還不算弱，例如漢人的墓前石獸，多是羊、虎、天祿、辟邪，而長安的昭陵上，卻刻着帶箭的駿馬，還有一匹駝鳥，則辦法簡直前無古人。現今在墳墓上不待言，即平常的繪畫，可有人敢用一朵洋花一隻洋鳥，即私人的印章，可有人肯用一個草書一個俗字麼？許多雅人，連記年月也必是甲子，怕用民國紀元。不知道是沒有如此大膽的藝術家；還是雖

有而民眾都加迫害，他於是乎只得萎縮，死掉了？

宋的文藝，現在似的國粹氣味就薰人。然而遼、金、元陸續進來了，這消息很耐尋味。漢、唐雖然也有邊患，但魄力究竟雄大，人民具有不至於為異族奴隸的自信心，或者竟毫未想到，凡取用外來事物的時候，就如將彼俘來一樣，自由驅使，絕不介懷。一到衰弊陵夷之際，神經可就衰弱過敏了，每遇外國東西，便覺得彷彿彼來俘我一樣，推拒，惶恐，退縮，逃避，抖成一團，又必想一篇道理來掩飾，而國粹遂成為屏王和屏奴的寶貝。

無論從那裡來的，只要是食物，壯健者大抵就無需思索，承認是吃的東西。惟有衰病的，卻總常想到害胃，傷身，特有許多禁條，許多避忌；還有一大套比較利害而終於不得要領的理由，例如吃固無妨，而不吃尤穩，食之或當有益，然究以不吃為宜云云之類。但這一類人物總要日見其衰弱的，因為他終日戰戰兢兢，自己先已失了活氣了。

不知道南宋比現今如何，但對外敵，卻明明已經稱臣，惟獨在國內特多繁文縟節以及嘮叨的碎話。正如倒霉人物，偏多忌諱一般，豁達弘大之風消歇淨盡了。直到後來，都沒有甚麼大變化。我曾在古物陳列所所陳列的古畫上看見一顆印文，是幾個羅馬字母。但那是所謂「我聖祖仁皇帝」的印，是征服了漢族的主人，所以他敢；漢族的奴才是不敢的。便是現在，便是藝術家，可有敢用洋文的印的麼？

清順治中，時憲書上印有「依西洋新法」五個字，痛哭流涕來劾洋人湯若望的偏是漢人楊光先。直到康熙初，爭勝了，就教他做欽天監正去，則又叩閽以「但知推步之理不知推步之數」辭。不准辭，則又痛哭流涕地來做《不得已》，說道「寧可使中夏無好曆法，不可使中夏有西洋人」。然而終於連閏月都算錯了，他大約以為好曆法專屬於西洋人，中夏人自己是學不得，也學不好的。但他竟論了大辟，可是沒有殺，放歸，死於途中

了。湯若望入中國還在明崇禎初，其法終未見用；後來阮元論之曰：「明季君臣以大統寖疏，開局修正，既知新法之密，而訖未施行。聖朝定鼎，以其法造時憲書，頒行天下。彼十餘年辯論翻譯之勞，若以備我朝之採用者，斯亦奇矣！……我國家聖聖相傳，用人行政，惟求其是，而不先設成心。即是一端，可以仰見如天之度量矣！」（《疇人傳》四十五）

現在流傳的古鏡們，出自塚者中居多，原是殉葬品。但我也有一面日用鏡，薄而且大，規撫漢製，也許是唐代的東西。那證據是：一、鏡鼻已多磨損；二、鏡面的沙眼都用別的銅來補好了。當時在粧閣中，曾照唐人的額黃和眉綠，現在卻監禁在我的衣箱裡，它或者大有今昔之感罷。

但銅鏡的供用，大約道光咸豐時候還與玻璃鏡並行；至於窮鄉僻壤，也許至今還用着。我們那裡，則除了婚喪儀式之外，全被玻璃鏡驅逐了。然而也還有餘烈可尋，倘街頭遇見一位老翁，肩了長凳似的東西，上面縛着一塊豬肝色石和一塊青色石，試佇聽他的叫喊，就是「磨鏡，磨剪刀」！

宋鏡我沒有見過好的，什九並無藻飾，只有店號或「正其衣冠」等類的迂銘詞，真是「世風日下」。但是要進步或不退步，總須時時自出新裁，至少也必取材異域，倘若各種顧忌，各種小心，各種嘮叨，這麼做即達了祖宗，那麼做又像了夷狄，終生惴惴如在薄冰上，發抖尚且來不及，怎麼會做出好東西來。所以事實上「今不如古」者，正因為有許多嘮叨着「今不如古」的諸位先生們之故。現在情形還如此。倘再不放開度量，大膽地，無畏地，將新文化盡量地吸收，則楊光先似的向西洋主人瀝陳中夏的精神文明的時候，大概是不勞久待的罷。

但我向來沒有遇見過一個排斥玻璃鏡子的人。單知道咸豐年間，汪曰楨先生卻在他的大著《湖雅》裡攻擊過的。他加以比較研究之後，終於決定還是銅鏡好。最不可解的是：他說，照起面貌來，玻璃鏡不如銅鏡之

準確。莫非那時的玻璃鏡當真壞到如此，還是因為他老先生又帶上了國粹眼鏡之故呢？我沒有見過古玻璃鏡。這一點終於猜不透。

一九二五年二月九日。

（按：本文選自《墳》）

經驗

古人所傳授下來的經驗，有些實在是極可寶貴的，因為它曾經費去許多犧牲，而留給後人很大的益處。

偶然翻翻《本草綱目》，不禁想起了這一點。這一部書，是很普通的書，但裡面卻含有豐富的寶藏。自然，捕風捉影的記載，也是在所不免的，然而大部分的藥品的功用，卻由歷久的經驗，這才能夠知道到這程度，而尤其驚人的是關於毒藥的敘述。我們一向喜歡恭維古聖人，以為藥物是由一個神農皇帝獨自嘗出來的，他曾經一天遇到過七十二毒，但都有解法，沒有毒死。這種傳說，現在不能主宰人心了。人們大抵已經知道一切文物，都是歷來的無名氏所逐漸的造成。建築，烹飪，漁獵，耕種，無不如此；醫藥也如此。這麼一想，這事情可就大起來了：大約古人一有病，最初只好這樣嘗一點，那樣嘗一點，吃了毒的就死，吃了不相干的就無效，有的竟吃到了對症的就好起來，於是知道這是對於某一種病痛的藥。這樣地累積下去，乃有草創的記錄，後來漸成為龐大的書，如《本草綱目》就是。而且這書中的所記，又不獨是中國的，還有阿剌伯人的經驗，有印度人的經驗，則先前所用的犧牲之大，更可想而知了。

然而也有經過許多人經驗之後，倒給了後人壞影響的，如俗語說「各

人自掃門前雪，莫管他家瓦上霜」的便是其一。救急扶傷，一不小心，向來就很容易被人所誣陷，而還有一種壞經驗的結果的歌訣，是「衙門八字開，有理無錢莫進來」，於是人們就只要事不干己，還是遠遠的站開乾淨。我想，人們在社會裡，當初是並不這樣彼此漠不相關的，但因豺狼當道，事實上因此出過許多犧牲，後來就自然的都走到這條道路上去了。所以，在中國，尤其是在都市裡，倘使路上有暴病倒地，或翻車摔傷的人，路人圍觀或甚至於高興的人盡有，肯伸手來扶助一下的人卻是極少的。這便是犧牲所換來的壞處。

總之，經驗的所得的結果無論好壞，都要很大的犧牲，雖是小事情，也免不掉要付驚人的代價。例如近來有些看報的人，對於甚麼宣言，通電，講演，談話之類，無論它怎樣駢四儷六，崇論宏議，也不去注意了，甚而還至於不但不注意，看了倒不過做做嘻笑的資料。這那裡有「始制文字，乃服衣裳」一樣重要呢，然而這一點點結果，卻是犧牲了一大片地面，和許多人的生命財產換來的。生命，那當然是別人的生命，倘是自己，就得不着這經驗了。所以一切經驗，是只有活人才能有的，我的決不上別人譏刺我怕死，就去自殺或拚命的當，而必須寫出這一點來，就為此。而且這也是小小的經驗的結果。

六月十二日。

（按：本文寫於一九三三年，選自《南腔北調集》）

中國人失掉自信力了嗎

從公開的文字上看起來：兩年以前，我們總自誇着「地大物博」，是事實；不久就不再自誇了，只希望着國聯，也是事實；現在是既不誇自己，也不信國聯，改為一味求神拜佛，懷古傷今了——卻也是事實。

於是有人慨歎曰：中國人失掉自信力了。

如果單據這一點現象而論，自信其實是早就失掉了的。先前信「地」，信「物」，後來信「國聯」，都沒有相信過「自己」。假使這也算一種「信」，那也只能說中國人曾經有過「他信力」，自從對國聯失望之後，便把這他信力都失掉了。

失掉了他信力，就會疑，一個轉身，也許能夠只相信了自己，倒是一條新生路，但不幸的是逐漸玄虛起來了。信「地」和「物」，還是切實的東西，國聯就渺茫，不過這還可以令人不久就省悟到依賴它的不可靠。一到求神拜佛，可就玄虛之至了，有益或是有害，一時就找不出分明的結果來，它可以令人更長久的麻痹着自己。

中國人現在是在發展着「自欺力」。

「自欺」也並非現在的新東西，現在只不過日見其明顯，籠罩了一切罷了。然而，在這籠罩之下，我們有並不失掉自信力的中國人在。

我們從古以來，就有埋頭苦幹的人，有拚命硬幹的人，有為民請命的人，有捨身求法的人，……雖是等於為帝王將相作家譜的所謂「正史」，也往往掩不住他們的光耀，這就是中國的脊樑。

　　這一類的人們，就是現在也何嘗少呢？他們有確信，不自欺；他們在前仆後繼的戰鬥，不過一面總在被摧殘，被抹殺，消滅於黑暗中，不能為大家所知道罷了。說中國人失掉了自信力，用以指一部分人則可，倘若加於全體，那簡直是誣衊。

　　要論中國人，必須不被搽在表面的自欺欺人的脂粉所誑騙，卻看看他的筋骨和脊樑。自信力的有無，狀元宰相的文章是不足為據的，要自己去看地底下。

九月二十五日。

（按：本文寫於一九三四年，選自《且介亭雜文》）